http://www.bbulmedia.com

http://www.bbulmedia.com

무림영주

武林領主

1판 1쇄 찍음 2014년 8월 11일
1판 1쇄 펴냄 2014년 8월 14일

지은이 | 윤지겸
펴낸이 | 정 필
펴낸곳 | 도서출판 **뿔미디어**

편집장 | 이재권
기획 · 편집 | 윤영상

출판등록 | 2002년 9월 11일 (제1081-1-132호)
주소 | 경기도 부천시 원미구 상동로 117번길 49(상동) 503호 (우)420-861
전화 | 032)651-6513 / 팩스 032)651-6094
E-mail | bbulmedia@hanmail.net
홈페이지 | http:/bbulmedia.com

값 8,000원

ISBN 979-11-315-2566-1 04810
ISBN 978-89-6775-211-8 04810 (세트)

※파본은 구입하신 서점에서 교환하여 드립니다.

무림영주

武林領主

윤지겸 퓨전 판타지 소설

7

목 차

1장

정보, 그리고 가치

"형님, 얼른 말 좀 해 보세요."

담기명의 얼굴에 조바심이 드러났다.

벌써 열 번은 말을 한 듯하다. 밤사이 왕유생과 무슨 이야기를 나누었는지 궁금한 탓이었다.

하지만 왕유생을 떠나보낸 후 간단하게 아침을 먹고 난 지금까지도 담기령은 입을 꾹 다물고 있었다.

담기명이 보채는 것도 어찌 보면 당연한 반응. 게다가 조만간 큰 전쟁이 있을 거라는 이야기까지 들었으니 오죽 궁금하겠는가.

잠시 고민하던 담기령이 지난 밤 노숙했던 자리를 정리하고 있는 두 명의 마부에게 말했다.

"자네들은 잠시 자리 좀 비켜 주겠는가?"

그렇게 마부를 멀찍이 물린 다음 담기령은 마차에 오르며 두 사람을 향해 손짓을 했다.

"잠시 들어오게."

드디어 말해 주는 건가, 하는 생각에 담기명이 한달음에 마차로 뛰어가고, 그 뒤로 백무결이 마차에 올랐다.

두 사람이 자리에 앉은 후, 담기령이 입을 열었다.

"밤새 많은 이야기를 들었네. 그리고 나는 당분간 이 이야기를 혼자만 알고 있을 생각이네."

"예?"

담기명이 멍한 얼굴로 형의 얼굴을 보았다. 그러다 곁눈질로 슬쩍 백무결을 보며 말을 이었다.

"하하, 형님이 언제부터 그런 농담을……."

"농담이 아니다."

단호한 담기령의 말에 담기명은 더욱 난감한 표정으로 백무결의 눈치를 살폈다. 자신이야 언제나 형의 말에 토를 달지 않는 동생이고, 뭔가 생각이 있겠거니 하고 넘어갈 수 있었다.

하지만 백무결은 친구가 아닌가.

함께 고생하고 싸운 끝에 알게 된 정보를 날름 집어삼킨

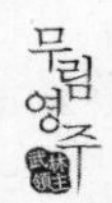

다는 말을 어찌 저리 아무렇지도 않게 할 수 있단 말인가.

그런데 더 의외인 것은 백무결의 반응이었다.

"그럴 거라 생각했네."

"그렇다면 긴 말을 할 필요는 없겠군."

두 사람의 대화에 참지 못한 담기명이 끼어들었다.

"긴 말이 뭔지는 몰라도 한번 해 보십시오."

"음?"

"간밤에 알게 된 이야기들을 혼자만 알고 있겠다는 이유가 뭔지 좀 알려 달라고요."

약간은 떼를 쓰는 듯한 담기명의 태도에 담기령이 의외라는 표정을 짓는다.

그러다 피식 웃으며 고개를 끄덕였다.

동생이 연신 백무결의 눈치를 살피는 모양새가, 백무결에게 명확하게 설명해 줄 필요가 있다고 말하는 듯했기 때문이다.

"지난밤에 들은 정보는 아주 비싼 정보다."

"그리고요?"

"정보라는 건, 아는 사람이 적을수록 가격이 올라가는 법이 아니겠느냐? 거기에 더해서, 그 올라간 가격보다 더 비싼 가격을 치를 준비가 된 사람을 나는 알고 있다. 그러니 어찌해야겠느냐?"

담기명이 여전히 납득할 수 없다는 얼굴로 되물었다.

"아무리 그래도 같이 고생해서 알아낸 정보인데, 우리끼리는 공유를 하는 게 좋지 않겠습니까?"

"이 정보를 제대로 이용하면, 우리는 더 이상 촌구석의 작은 세가가 아닌, 무림의 대 세가로 거듭날 수 있다. 나는 그런 기회를 놓치기 싫다는 것이다."

"아니, 제 말은 그런 게 아니라 우리끼리만 알고 남에게 발설하지 않으면 되지 않느냐는 말이죠. 설마 저나 무결 형님을 못 믿으시는 겁니까?"

"믿는다."

"그런데요?"

계속 해서 되묻기만 하는 담기명을 향해 이번에는 백무결이 대답을 했다.

"나는 절대 그 정보를 입 밖에 내지 않을 자신이 있다네. 하지만 내 행동까지 그러리라는 보장을 할 수 없네."

"예?"

"아까 기령이 저 친구가 했던 말을 잊었는가? 조만간 무림에 큰 전쟁이 일어날 거라 했네. 그런데 그 이유에 대해 알게 된다면, 나는 어쩔 수 없이 그 이유를 신경 쓰게 될 것이고, 그런 내 행동이 결국 누군가에게는 정보가 될 수 있다는 말일세."

"그럼 무결 형님은 지금 이 상황을 충분히 납득하셨다는 말입니까?"

"물론."

"허!"

담기명이 저도 모르게 헛웃음을 흘렸다.

처음에는 백무결을 납득시켜야 한다는 생각에 떼를 썼는데, 이제는 자신이 도무지 이해가 되지 않았다.

그가 아는 백무결은, 그 어떤 것보다 대의를 가장 우선시하는 사람이었다. 그런데 지금 담기령의 말은 대의가 아닌, 담씨세가의 이익을 위한 것이었다.

평소의 백무결이라면 절대 용납할 만한 상황이 아니었다. 그런데도 백무결은 한마디도 토를 달지 않고 담기령의 뜻에 따라 주고 있는 것이었다.

담기명이 멍한 표정으로 두 사람을 번갈아 보는 사이, 담기령과 백무결이 새로운 이야기를 시작했다.

"그리고 우리는 이쯤에서 따로 길을 가야 할 것 같네."

"그 정보의 값을 비싸게 매겨 줄 사람에게?"

백무결의 반문에 담기령이 피식 웃으며 고개를 끄덕였다.

"자네도 뒤에 남은 서하단과 합류한 후, 목적지를 바꾸는 게 좋을 것 같네."

"목적지를 바꿔? 어디로?"

"절강으로 오게. 전쟁터는 거기가 될 걸세."

불쑥 튀어나오는 의외의 이야기에 백무결과 담기명의 표정이 돌변했다.

"고 총관에게 미리 연락을 해 놓겠네. 아마 그가 서하단이 묵을 곳을 마련해 줄 거야."

잠시 고민하던 백무결이 조심스레 물었다.

"시기는 언제가 될 것 같은가?"

"나도 확신할 수는 없네. 하지만 하가촌이 그리된 이상, 저쪽에서 뭔가 반응을 보일 게 분명하니 그리 여유가 있지는 않을 걸세. 절강으로 오기 전에 할 일이 있나?"

"무림맹에 잠시 들릴 생각일세."

"음?"

"자네가 나에게 말해 준 정보는, 다른 사람에게 말해도 되는 내용이 아닌가. 그러니 무림맹에 미리 알려 준비를 하도록 해야지."

모르면 어쩔 수 없지만, 알고 있는 내용이 있는 이상 그것을 모르는 척할 수는 없다는 뜻이었다.

최대한 준비를 시키고 피해를 줄여야 한다는 생각.

"자네답군. 알겠네."

"그럼 저 뒤쪽 마차에 가둬 놓은 자들은 어쩔 셈인가?"

"내가 데리고 가겠네. 저자들의 입을 통해 확인을 시켜

줘야 되지 않겠나."

"알겠네."

백무결이 고개를 끄덕이는데 담기령이 갑자기 다른 이야기를 꺼냈다.

"아, 무림맹."

"음?"

"무림맹에 들릴 생각이라면, 자네가 해 줬으면 하는 일이 하나 있네."

"해 줄 일?"

"무림맹 내의 간자를 색출해 주게. 아마 무림맹 내에서도 간자의 존재를 눈치채고 있을 걸세."

"맞네. 다들 짐작은 하고 있는 눈치지."

서하단은 무림맹의 도움을 받아 운영되고 있는 집단이었다.

그러니 무림맹 내부의 일 역시 어느 정도는 관여하고 있는 바. 꽤 오랫동안 쫓고 있는 유황 밀매 세력 추적에 대해서는 대강은 상황을 알고 있었다.

물론 무림맹 내에 간자가 있을 거라는 내용은 하세견을 통해 알게 된 이야기였지만.

백무결이 말을 이었다.

"그래, 그 간자가 누군가?"

"모르네."

"음?"

"왕유생은 그리 직책이 높은 이가 아니었네. 그러니 그가 알고 있는 것도 한계가 있을 수밖에. 무림맹 내에 간자가 있다는 것을 알지만, 그게 누군지는 그도 모르고 있더군."

백무결이 조금 난감한 얼굴로 답했다.

"머리털이라도 보여야 숨어 있는 놈을 잡을 거 아닌가?"

"쉬운 일이 아니라는 건 나도 알아. 그렇다고 아주 방법이 없는 건 아닐세."

담기령의 말에 백무결이 반색을 하며 물었다.

"뭔가? 그 방법이라는 게."

"왕유생이 말한 간자들에 대한 이야기 중 두 가지를 건질 수 있었네."

"두 가지?"

"첫째는, 간자의 수가 하나가 아니라는 걸세. 이건 왕유생도 우연히 알게 된 내용이라는데, 간자의 수는 모두 세 명일세. 그 세 명 모두 서로 다른 문파의 아주 높은 자리를 차지하고 있다 하더군."

"두 번째는?"

"첫 번째 이야기를 잘 생각해 보게."

"첫 번째?"

"간자들이 각 문파의 높은 자리에 있다는 이야기 말이야."

담기령의 말에 갑자기 담기명이 불쑥 끼어들었다.

"아, 높은 자리! 그럼 결국 아주 어렸을 때 문파에 잠입했다는 말이군요!"

구파는 아주 오랜 세월 자신들의 위치를 고수해 온 세력이었다.

무림 세력이 그렇게 긴 시간 자신들의 힘을 유지하기 위해서는 그 만큼 강한 무인들이 있어야 했다.

그것을 위해 구파는 항상 무공에 뛰어난 자질을 타고난 어린 아이들을 찾고, 그 아이들을 제자로 들이기 위해 많은 노력을 기울인다.

그리고 그 아이들이 자라면서 실력을 쌓고, 힘을 키워 문파의 중추인 동시에 무림의 명숙으로 거듭나는 것이다.

물론 구파라고 해서 무조건 자질이 뛰어난 아이들만은 제자로 들이는 것은 아니었다.

각 지역의 영향력이 높은 토호들과 관원들의 자제들을 받아들여 그들을 통해 자신들의 영향력과 부를 쌓는다.

하지만 그들은 문파의 중추가 될 수 없는 이들이었다.

대부분 각 문파의 속가문파를 세워 자리를 잡거나, 관원이 되어 자신의 사문이 힘을 기르는 데 도움을 준다.

물론 그들 역시 사문의 이름을 배경으로 자신들의 힘을 키우는 상부상조하는 관계였다.

담기명이 자신의 날카로운 눈썰미를 자랑이라도 하려는 듯 어깨를 으쓱거리며 두 사람을 보았다.

하지만 그런 담기명을 향해 백무결이 고개를 가로저었다.

"그렇지는 않을 것 같구나."

"예? 왜요?"

"아주 어렸을 때 간자로 교육을 받은 후에, 각 문파에 들어가 그 문파의 높은 자리를 차지했다고 생각을 해 보아라. 네가 그 간자라면 무슨 생각을 하겠느냐?"

"그, 글쎄요?"

"네가 구파 중 한 곳의 장문인 혹은 중추가 되었는데도 자기를 심어 놓은 사람의 말을 들으려 하겠느냐?"

"하, 하지만 어쨌든 간자라는 증거가 있으면 말을 듣지 않을 수가 없지 않습니까?"

담기명의 반문에 담기령이 대답했다.

"그럴 수도 있지. 하지만 인간의 심리라는 게 그리 간단한 것이더냐? 사람의 욕심이라는 건 끝이 없는 법이다. 만에 하나라도 그런 일이 생겼을 경우, 그동안 들인 시간과 공이 모두 수포로 돌아가는데 그런 위험을 감수하겠느냐? 아니, 단순히 수포로 돌아가는 것만이 아니라, 자신들의 실체가 드러날 위험까지 있지.”

“그것도 그렇기는 하네요? 그럼 각 문파의 높은 자리에 있다는 게 무슨 뜻입니까?”

다시 백무결의 대답이 돌아왔다.

“포섭했다는 뜻이다.”

“포섭?”

“뭔가 커다란 이익을 약속하는 대신에 자신들을 돕도록 포섭했다는 의미지.”

“하지만 그걸 안다고 간자를 찾는 데 도움이 되겠습니까? 가진 게 많든 적든 어차피 사람 욕심이라는 게 끝이 없는 법인데, 누가 그들과 손을 잡았는지 어떻게 알아낸단 말입니까?”

담기명의 말에 담기령은 저도 모르게 피식 웃으며 고개를 끄덕였다.

예전과는 달리 조금 더 깊이 생각하는 모습에 괜히 대견한 기분이 들었기 때문이다.

“막연하게 아홉 중 셋이라고 생각하는 것보다, 가장 욕심이 많은 셋을 가늠하는 것이 더 가려내기가 쉽지 않겠느냐?”

“그렇기야 합니다만…….”

담기명이 여전히 납득할 수 없다는 얼굴로 말했다. 그리고 채 마치기도 전에 백무결이 그 말을 받았다.

"여전히 기준이 너무 모호하네."

"도와줄 사람이 있다면?"

담기령의 말에 백무결이 눈을 빛내며 급히 물었다.

"도와줄 사람?"

"무림맹 관명각 부각주."

뜬금없이 튀어나온 이름에 백무결이 고개를 갸웃거렸다.

"음? 관명각 부각주라면 구여상?"

"맞네. 기명이의 친구이기도 하네."

백무결의 시선이 담기명에게로 향했다.

"보신 적이 있는지 모르겠습니다만, 천재라 불리던 친구입니다. 머리가 너무 좋아서 오히려 빈둥대던 친구인데……."

담기령이 그 말을 가로챘다.

"몇 년 전에 나에게 찾아왔던 적이 있네. 담씨세가의 책사로 자신을 써 달라고 말이야."

"뭐?"

백무결이 깜짝 놀라 외쳤다.

그 역시 구여상은 몇 번이나 본 적이 있었다. 통찰력은 물론, 머리가 비상하게 잘 돌아가는 사내였다.

무림맹 내에서도 파벌 간의 다툼 때문에 평이 엇갈리기는

해도, 뛰어난 머리를 가지고 있다는 것에 대해서는 이견이 없는 자였다.

그런 자가 담씨세가의 책사가 되기를 자청했었다니, 꽤 놀라운 이야기다.

"그런데 왜 무림맹으로?"

"머리가 너무 좋아서 내가 거절했네."

"음?"

이해할 수 없는 이유에 백무결이 또다시 고개를 갸웃거렸다.

세가의 책사가 되고 싶다고 찾아온 이를, 머리가 너무 좋다는 이유로 내치다니.

"나는 천재 보다는 수재나, 평범하지만 다양한 것을 아는 자들 여럿을 책사로 두는 쪽을 선호하거든."

"그, 그랬군."

백무결로서는 바로 이해하기 힘든 이야기였지만, 거기까지는 자신이 관여할 바가 아니었기에 어정쩡하게 고개를 끄덕였다.

"아무튼 그와 이야기를 해 보게. 그라면 도움을 줄 수 있을 거야."

"알겠네. 무림맹 내의 간자들은 내가 어찌 해 보겠네. 그럼 자네는 지금 바로 떠날 텐가?"

"그래야지. 자네는?"

"서하단을 기다렸다가 갈 생각일세."

백무결의 대답에 담기령이 잠시 뜸을 들인 후 말했다.

"시간이 많지 않네."

"알고 있으니 너무 걱정 말게. 그래도 하세견 그 친구가 함께 움직이는 게 좋을 듯하네."

"뭐, 자네가 어련히 알아서 하려고. 알겠네, 그럼 나중에 절강에서 보세."

짧은 인사를 마친 후 담기령은 동생과 함께 마차에서 내렸다.

"도대체 뭘 하려는 거지?"

오규산이 피곤이 짙게 밴 목소리로 중얼거렸다. 두 눈을 애써 부릅뜨고 잔뜩 인상을 찡그린 모양새가 여간 피곤한 얼굴이 아니었다.

담기령에게 끌려간 왕유생을 기다리느라 밤을 샜으니 당연했다. 몸이라도 움직일 수 있으면 굳은 근육을 풀며 잠을 쫓아 보겠지만, 점혈을 당한 상황이니 그마저도 힘들다.

하지만 잠을 잘 수도 없는 노릇이었다. 담기령과 왕유생이 무슨 이야기를 나누는지 알 수 없으니 그가 돌아올 때까지 정신을 바짝 차리고 있어야 했다.

그때 옆에 있던 마용문이 음침한 목소리로 오규산을 향해 비아냥거렸다.

"이미 저놈들에게 붙은 놈이 새삼 불안해하는 꼴이 참 가상하구나."

순간 오규산이 울컥한 표정으로 버럭 소리를 질렀다.

"몇 번이나 말씀드렸지만, 저는 저놈에게 아무것도 불지 않았습니다!"

"흥, 그럼 담가 놈이 왕 향주를 끌고 가면서 네놈에게 했던 말은 뭐란 말이냐?"

"몇 번이나 말씀드리지 않았습니까? 놈이 우리를 혼란스럽게 만들고 이간질시키기 위해 던진 말입니다. 저는 놈에게 아무것도 말하지 않았습니다!"

하지만 마용문은 그런 오규산을 비웃었다.

"크흐흐, 그 말이 사실이라 해도 네놈은 어차피 놈들에게 붙을 마음을 먹고 있지 않느냐?"

"그 역시도 이미 말씀드린 대로, 놈에게 붙는 척하여 탈출할 기회를 만들기 위해서입니다."

오규산의 강변에도 마용문은 여전히 그를 비웃을 뿐이었다.

"킬킬, 네놈이 잘도 그런 생각을 했겠구나."

그때 마차 문을 열고 담기령이 올라타며 물었다.

"밤사이 잠은 편히 주무셨소?"

마용문은 두 눈을 질끈 감아 버렸고, 오규산은 시선을 돌려 마차 문을 뚫어져라 보았다.

그런데 담기령에 이어 마차에 오른 담기명이 그대로 마차 문을 닫아 버린다.

"왕 향주, 왕유생은 왜 들어오지 않는가!"

그제야 눈을 감아 버렸던 마용문도 황급히 눈을 떠 마차 안을 살폈다.

그리고 담기령이 싸늘한 목소리로 답했다.

"죽었소."

"뭐, 뭣이?"

"사람이 심약해 보이기에 위협을 좀 가하면 실토를 할까 싶었는데……. 고통을 참지 못하고 숨이 멎어 버리더군."

은근슬쩍 살기를 피워 올리며 하는 말에 마용문이 저도 모르게 눈꼬리를 파르르 떨었다.

"이, 사악한 놈!"

버럭 소리를 지른 사람은 오규산이었다.

하지만 얼굴에는 오히려 안도의 표정이 스친다. 저 말이 사실이라면 그에게는 오히려 잘된 일이다.

'왕유생까지 죽은 마당이니 이제 놈이 거래를 할 수 있는 사람은 나밖에 없겠군.'

마용문은 절대 입을 열 사람이 아니니, 이제 자신의 요구를 들어줄 수밖에 없는 상황인 것이다.

그런 오규산의 반응을 확인한 담기령이 비릿한 미소를 지으며 말했다.

"그대들은 부디 잘 견디기를 바라오. 아, 걱정 마시오. 오 향주, 당신과의 거래는 아직 유효하오. 그저 아직 흥정이 덜 된 것뿐이니."

오규산이 얼른 마용문의 눈치를 살피며 짐짓 흥분한 목소리로 외쳤다.

"어림없다! 네놈이 왕 향주를 그리 해쳤다면, 우리라고 그러지 말라는 법이 어디 있다는 게냐? 내 입에서는 아무것도 나오지 않을 것이다!"

물론 마용문은 아무런 반응도 보이지 않았다. 그때 마차 밖에서 마부의 외침이 들렸다.

"그럼 출발하겠습니다!"

그와 함께 삐걱거리는 마차 바퀴 소리와 함께 마차가 움직이기 시작했다.

"음?"

마차가 움직이는 동시에 마용문이 날카롭게 시선을 움직이더니 담기령을 향해 물었다.

"왜 갑자기 방향을 바꿨지?"

"아, 잠시 들러야 할 곳이 있어서 말이오."

"들릴 곳이라니?"

"우리 사이가 그런 걸 친절하게 알려 줄 사이는 아니지 않소?"

무언가 상황이 변했다는 뜻이다. 그리고 밤사이에 생길 만한 변화는 아주 한정되어 있었다.

동시에 마용문의 머릿속을 스치는 한 가지 가능성.

"서, 설마……."

하지만 마용문은 자신의 말을 끝까지 할 수 없었다.

"보아하니 잠도 못 주무신 것 같은데, 한숨 푹 자 두는 게 좋을 것이오."

"음……."

담기령의 말이 끝나기가 무섭게 마용문이 옅은 신음과 함께 그대로 고개를 뒤로 넘기며 눈을 감아 버렸다.

"무, 무슨 짓이냐!"

깜짝 놀란 오규산의 다급한 목소리에 담기령이 별일 아니라는 얼굴로 말했다.

"수혈을 짚은 것뿐이오. 그래야 우리가 이야기를 하기 편해지지 않소?"

"아, 그건 그렇지만……."

오규산이 수긍한 듯 고개를 끄덕이면서도 뭔가 석연찮은

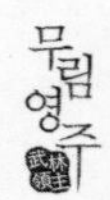

듯, 불안한 표정으로 잠든 마용문을 힐끔 보았다. 그사이 담기령이 말을 이었다.

"하지만 오 향주도 밤을 새는 바람에 제대로 이야기를 할 수 있는 상태는 아닌 듯하니 일단 한숨 자 두도록 하시오."

"그건 또 무슨……."

오규산이 뭔가 말이 앞뒤가 맞지 않다고 느끼고 되물으려 했지만, 이미 담기령이 그의 수혈을 짚은 후였다.

그렇게 두 사람이 깊은 잠에 빠지자, 담기명이 조심스레 물었다.

"형님, 도대체 이 정보를 비싸게 사 줄 사람이 누구입니까?"

더 이상 백무결의 눈치를 볼 필요는 없었지만, 궁금증이 풀리지 않으니 답답해진 것이었다.

마부에게도 왔던 길을 되돌아가 갈림길이 나오면 말해 달라고 했을 뿐, 정확하게 어디로 가라고 말을 하지 않았기에 그로서는 알 수가 없었다.

담기령이 피식 웃으며 물었다.

"네가 한 번 맞춰 보아라."

"예? 아는 게 아무것도 없는데 어떻게 맞춥니까?"

"역모다."

"뭐, 뭐라고요? 지금 뭐라고 하셨……."

담기명이 기겁을 하며, 누가 들을세라 황급히 좌우를 살폈다. 하지만 담기령은 표정 하나 변하지 않은 채 말했다.

"내가 갖고 있는 것은 역모와 관련된 정보다. 자, 그럼 이걸 누구에게 팔아야겠느냐?"

"관부에……."

"관원들이 그런 정보를 살 수 있는 능력이 있겠느냐?"

"아, 왕부. 오왕부면 충분하겠군요."

담기령은 이번에도 고개를 저었다.

"오왕부의 세자께서는 분명 그 정도 능력은 있지. 하지만 나는 그보다 더 비싸게 사 줄 사람이 있지 않느냐?"

감이 잡히지 않는 지 고개를 갸웃거리던 담기명이 갑자기 멈칫하며 슬며시 눈동자를 굴렸다.

"호, 혹시?"

"계속 말해 보아라."

"태자 전하께?"

"그래, 우리는 이제 남경으로 갈 게다."

"혀, 형님!"

담기명이 또 다시 기겁을 하며 버럭 소리를 질렀다.

"왜 그러느냐?"

"우리가 어찌 태자 전하를 뵙는단 말입니까!"

태자라면 다음 대의 황제가 될 사람이었다.

황족도 아니고, 관직조차 없는 자신들이 무슨 수로 태자를 만난단 말인가.

하지만 담기령은 아무런 문제도 없다는 듯 피식 웃으며 말했다.

"그거야 당연한 일이다. 하지만 다리를 놓아 줄 사람이 있지 않느냐?"

"다리를 놓아 줄 사람……. 아, 오왕부요?"

"그래, 가는 길에 서신을 보낼 것이다."

"하지만 우리 마음대로 오라 가라 할 수 있는 분이 아니지 않습니까?"

여전히 감을 잡지 못하는 담기명을 보며 담기령이 답답한 표정으로 말했다.

"자꾸 당연한 소리만 하는구나."

형의 타박에 담기명이 살짝 기가 죽은 표정으로 잠시 생각해 보더니 입을 열었다.

"혹시, 오왕부와도 거래를 하시려고요?"

"맞다. 세세한 내용은 뺀 채 대략적인 내용만 알려 줘도 제 발로 남경으로 올 게다."

"그렇기는 하겠네요. 하지만 괜히 오왕부의 심기를 건드리는 건 아닌가 싶네요."

오왕부가 버젓이 버티고 있는데 굳이 태자에게 직접 말을 전하겠다고 하는 것은, 주세광의 심기를 건드릴 수밖에 없는 일이었다.

하지만 담기령은 별걱정 없다는 듯 반응이었다.

"그 정도로 불쾌해한다면 세자의 그릇이 그것밖에 되지 않는 게지."

그 말에 담기명이 아연실색한 얼굴로 제 형을 보았다. 누가 들었다면 당장 황족을 모욕한 죄로 당장 목이 달아날지도 모를 말이었다.

"쯧쯧, 너는 가끔 너무 소심해서 탈이다. 너도 피곤할 테니 잠이나 자 두어라."

말을 마친 담기령이 팔짱을 끼고는 그대로 눈을 감았다.

"허……."

담기명이 허탈한 얼굴로 그런 형의 모습을 바라보다, 어쩔 수 없다고 생각했는지 체념한 표정으로 고개를 저었다.

2장

첫 번째 거래

"시간이 얼마나 있나?"

하세견이 조바심이 표정으로 물었다.

담기령과 헤어진 백무결은, 그길로 왔던 길을 되짚던 중에 길을 따라오고 있는 서하단과 조우할 수 있었다.

그리고 백무결에게 대략의 이야기를 듣고는 서둘러야겠다는 생각에 그리 물은 것이었다.

백무결이 가볍게 손을 휘저으며 말했다.

"자네가 생각보다 빨리 움직인 덕에 약간은 여유가 있을 것 같으니 걱정 말게."

"그래도 간자를 찾아내는 일이 얼마나 시간이 걸릴지 모르니 서둘러야지.”

“하긴, 그도 그렇구먼. 그럼 나머지는 천천히 따라오라고 하고, 우리는 마차로 먼저 움직이세.”

“마차? 말이 낫지 않겠나?”

시급을 다투는 일이니 아무래도 마차보다는 말이 낫다. 하지만 백무결은 고개를 저었다.

“보아하니 자네 아직 몸이 성치 않은 것 같은데 무리하지 말게. 괜히 굳은 몸으로 무리하게 말을 타다 낙마라도 하면 더 큰일일세.”

하세견이 어쩔 수 없다는 듯 고개를 끄덕였다. 사실 굳었던 몸이 제대로 풀린 것이 아니었다. 마냥 객잔에서 쉬고만 있을 수 없어 조금 서둘러 길을 나선 것이었다.

“알겠네.”

“그럼 자세한 이야기는 가면서 하는 걸로 하고…….”

슬쩍 말끝을 흐린 백무결이 조금 멀찍이 떨어져 앉아 있는 서하단을 향해 말했다.

“각 대주들은 이쪽으로 오게.”

백무결의 말에 여섯 명의 대주들이 재빨리 다가왔다. 그들 역시 아직 몸이 다 낫지 않은 탓에 움직이는 모습이 꽤 부자연스러웠다.

“시급을 다투는 일이 있어 부단주와 먼저 무림맹으로 갈

생각일세. 자네들은 가까운 곳에서 좀 더 몸을 추스른 후에 무림맹으로 오게."

그 말에 한 사람이 걱정스러운 얼굴로 물었다.

"시급을 다투는 일이라면, 저희도 함께 가야 하는 것 아닙니까?"

자신들 역시 서하단의 일원으로, 해야 할 일이 있다면 빠질 수 없다는 생각에서였다.

"아닐세. 어차피 힘을 쓸 일은 아니고 먼저 가서 알려야 할 게 있어서 그런 걸세. 그러니 충분히 쉰 후에 무림맹으로 오게나."

말투는 부드럽지만, 그 내용은 강경했다.

그러나 대주들 역시 쉬이 물러날 수 없다는 듯 뭐라 말을 하려고 입을 열었다. 하지만 이번에는 하세견이 그들을 막아섰다.

"단주께서 말씀하신 것이니 그대로 하게."

하세견까지 나서자 대주들은 더 이상 다른 말은 하지 못하고 아쉬운 표정으로 고개를 끄덕였다.

"그럼 나중에 무림맹에서 보세."

말을 마친 백무결이 마차에 오르자, 하세견이 그 뒤를 따라 마차에 올라탔다.

"출발하겠습니다요!"

문이 닫히기가 무섭게 마부의 외침이 들리고, 이내 마차가 달리기 시작했다.

그리고 기다렸다는 듯 백무결이 입을 열었다.

"뭔가 할 말이 있는 모양이군."

"음? 어찌 알았나?"

"대주들의 태도가 뭔가 할 말이 있는 듯 보였거든. 객잔에서 쉬는 동안 뭔가 이야기를 나눈 것 같은데 어서 말해 보게."

"허허, 가끔 둔한 척하면서 가만히 보면 제일 능구렁이 같은 사람일세."

"갑자기 웬 흰소린가? 이야기나 하게나."

백무결의 재촉에 하세견이 고개를 끄덕이며 입을 열었다.

"실은 일전에 자네에게 한 번 이야기했던 사안일세."

"이야기했던 사안?"

백무결이 고개를 갸웃거렸다.

그동안 함께 지낸 시간이 얼마인데, 그 긴 시간 동안 나눈 이야기가 어디 한두 가지겠는가.

잠시 그런 백무결의 반응을 살핀 하세견이 조심스레 이야기를 꺼냈다.

"우리 서하단의 문파화 말일세."

이야기가 끝나기가 무섭게 백무결이 얼굴을 굳힌다.

"그 이야기는……."

반사적으로 고개를 돌리려던 백무결이 문득 말끝을 흐렸다.

이미 한차례 격렬한 논쟁 끝에 더 이상 꺼내지 않기로 했던 이야기였다.

물론 하세견은 문파를 세우자는 쪽으로, 백무결은 문파가 되어서는 안 된다는 입장이었다.

하세견은 서하단이 재정적으로 자유로워야만, 제대로 뜻을 이룰 수 있다는 입장이었다. 계속 자금을 지원 받는 형태가 된다면, 결국 어딘가에 귀속되거나 해체될 수밖에 없다는 것이 그 근거였다.

그에 대해 백무결은, 서하단이 문파로 거듭나는 순간 문파의 이익을 우선시할 수밖에 없다는 것을 이유로 반대를 했다.

자파의 이익을 먼저 생각하는 순간, 서하단 결성의 취지인 의협이라는 뜻을 잃고 그저 그런 문파의 하나로 전락하게 된다는 것이었다.

서하단의 문파화를 바라보는 관점부터가 다른 논쟁. 두 사람이 동시에 납득할 수 있는 결론이 나올 수 없었다.

결국 밤새 서로 같은 말만 반복한 끝에, 단주인 백무결의 뜻에 따르는 것으로 두 사람의 논쟁이 마무리되었다.

그런데 하세견이 오늘 다시 그 이야기를 꺼낸 것이다.

"다시 그 이야기를 꺼내는 이유를 알려 주게."

하세견 혼자만의 생각이 아닌 것 같았기 때문이다.

떠나올 때 눈치를 보아하니, 대주들은 물론 서하단 단원들 전체와 이야기를 해서 내린 결론인 것 같았다.

그러니 이야기를 들어 보는 것이 우선이었다.

"이번에 동굴에 갇힌 채 언제 죽을지 알 수 없다는 생각을 하면서 가장 먼저 든 생각이 뭔지 아는가?"

백무결이 별다른 대답 없이 하세견의 다음 말을 기다렸다.

"서하단이 제대로 된 문파만 되었어도 이런 대담한 짓을 할 수 있었을까 하는 것이었네."

"그게 무슨?"

"중견 문파 정도의 규모만 되었어도, 하나의 집단 전체를 그리 할 수 없다는 말일세. 근거가 있고, 그곳에 우리를 기다리는 사람이 있었다면 함부로 그런 짓을 할 수 없었을 거란 말일세."

"이 사람, 나를 허수아비 취급하는군."

"농을 할 기분이 아닐세. 그런 뜻이 아니라는 걸 알지 않은가. 우리가 제대로 된 집단이 아니기 때문에 놈들이 그런 대담한 짓을 할 수 있었다는 걸세. 생각해 보게. 그렇게 우리가 실종된 상황에서 우리를 찾을 사람은, 단원들의 가문들

뿐일세. 하지만 하나같이 힘 있는 가문은 아니라네. 만약 자네와 담 련주가 우리를 찾지 못했다면, 우리는 그 동굴에서 그대로 썩어 없어졌을 걸세. 내 말이 틀렸다고 생각하나?"

"비약이 좀 심하지 않은가. 방식이야 어떻든 우리는 무림맹의 지원을 받고 있으니 무림맹에서라도……."

하세견이 백무결의 말을 끊으며 말했다.

"비약이 아닐세. 실제로 무림맹에서 실종된 우리를 찾으려고 조금이라도 노력을 했던가?"

"그, 그건……."

"거듭 말하지만, 우리가 하나의 문파였다면 실종된 우리를 찾기 위해 대대적인 수색이 벌어졌을 것이고, 그랬다면 우리를 찾을 수 있었을 걸세. 아니, 당연히 수색이 있을 테니 놈들이 그런 대담한 짓을 못했을 걸세."

"하지만 내가 반대하는 이유도 알지 않나? 우리가 문파가 된다면, 분명 서하단 본래의 취지를 잃을 걸세. 사람의 욕심이라는 게 다 그렇다는 걸 자네도 알지 않은가?"

"협행이 어디 자네가 말하는 그런 협행만 있는 겐가? 한 지역에 자리 잡고, 그 지역의 양민들을 돕고 사는 것 역시 협행일세. 아니라고 할 수 있나?"

"그 말을 부정하는 것은 아니네. 그렇지만 나는 여전히 그렇게 사심이 개입되는……."

굳은 표정으로 고개를 내젓던 백무결이 갑자기 말끝을 흐린다. 그러고는 뭔가 곰곰이 생각을 하더니 긴 한숨을 내쉰다.

그런 모습에 하세견도 더는 입을 열지 않고 조용히 백무결이 생각을 정리하기를 기다렸다.

꽤 긴 시간 골똘히 생각에 잠겨 있던 백무결이 마침내 고개를 들었다. 그리고 하세견을 긴 시간 고민한 결론을 말했다.

"자네 말대로 하세."

"저, 정말인가!"

원하던 결과가 나왔음에도 하세견이 믿을 수 없다는 얼굴로 되물었다.

"내가 이런 얘기를 농담으로 할 성격이던가?"

"잘 생각했네. 고맙네, 고마워. 자네 뜻과 다르니 내키지 않을 수는 있겠지만, 나중이 되면 이게 옳은 결정이었다는 걸 확신할 수 있을 걸세."

"하하, 이게 어디 나한테 고마워할 일인가? 게다가 단원들도 같은 생각인 것 같은데, 마냥 내 고집대로만 할 수는 없지 않은가. 그런데 문파를 세운다 해도, 자금이 필요할 텐데?"

슬쩍 말꼬리를 다른 쪽으로 돌리는 백무결의 말에 하세견

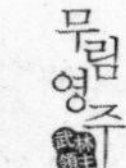

이 갑자기 은근한 표정으로 말했다.

"어느 정도 자금은 있네."

"자금이 있다고?"

"그간 무림맹에서 받은 자금을 쪼개서 따로 모아 놓고 있었네. 그 돈에 어느 정도 융통을 하면 빠듯하기는 해도 모자라지는 않을 걸세."

거짓말이 아니었다.

하지만 반만 진실인 말이었다.

서하단이 절강성에서 나올 무렵, 담씨세가의 은광에서 빼내 온 꽤 많은 은이 있었다. 그 은을 전장에 맡겨 조금씩 불리고 있었던 것이다.

"자네가 그렇다면 그런 거겠지. 아, 그런데 일이 좀 복잡할 것 같네."

"문파를 세운다는 게 어디 간단한 일인가? 당연히 번거롭고 귀찮을 일들이 있겠지."

"아니, 그 말이 아닐세."

들뜬 표정을 짓고 있던 하세견이 단번에 목소리를 차분하게 가라앉히며 말했다.

"아, 무림맹의 간자…… 말이로군."

"그렇다네. 게다가 조만간 무림에 큰 전쟁이 날 걸세."

하세견이 예상하고 있었다는 듯 고개를 끄덕였다.

무림맹의 간자에 대한, 보다 자세한 정보를 알아냈다는 건 놈들의 실체에 꽤 접근했다는 의미였다. 그렇다면 큰 싸움이 나는 것은 당연한 수순이었다.

고개를 끄덕이는 하세견을 향해 백무결이 물었다.

"어쩌는 게 좋겠나? 문파 설립을 동시에 진행을 하는 게 좋겠나? 아니면 차후로 미루는 게 좋겠나?"

하세견이 잠시 고민한 후 대답했다.

"일단 공표를 한 후, 전쟁에 집중하되 문파를 세우는 것 역시 조금씩이라도 함께 진행을 하세."

"그래, 그럼 그 일은 자네가 좀 맡아 주게."

"상황에 대한 설명부터 들었으면 좋겠습니다."

다음 대 중원의 주인이 될 사내, 당금의 황태자 주휘량이 담담한 목소리로 말했다.

하지만 눈꼬리가 잘게 떨리는 모습이, 목소리만큼 담담하지는 못한 모습이다.

주휘량이 앉은 곳 아래로, 두 명의 사내가 머리를 조아린 채 부복해 있었다.

먼저 고개를 든 이는 오왕부의 세자 주세광이었고, 뒤이어 고개를 든 사람은 담기령이었다.

인사도 제대로 받지 않고 질문을 던지는 주휘량의 모습에,

주세광의 이마에 식은땀이 흘렀다.

그만큼 주휘량의 심기가 불편하다는 의미인 탓이다.

그리고 주세광은 그 이유를 알고 있었다. 아무런 기별도 없이 알현을 청했으니 당연한 일이다.

게다가 용건조차도 제대로 밝히지 않은 참이었다. 법도를 따져 보면 아주 무례한 행동.

그나마 이렇게 알현을 허락받을 수 있었던 것은, 주휘량이 평소 자신의 권위를 크게 내세우지 않는 성격이었기에 가능한 일이었다.

우선은 주휘량의 기분을 진정시킬 필요가 있었다.

"그동안 전하와 저희가 함께 알고자 했던 자들에 대한 중대한 정보를 전하고자 이리 직접 찾아뵈었습니다."

뜻하는 바는 하나밖에 없었다.

바로 유황을 밀거래하던 의문의 집단에 대한 내용. 꽤 신중한 성격의 주세광이 중대한 정보라 했으니, 오랫동안 꼬리를 잡지 못했던 그들에 대해 꽤 깊이 파고든 정보이리라.

"후우……!"

노련한 주세광의 말에 주휘량도 조용히, 그러면서도 깊이 호흡을 고르며 마음을 진정시켰다.

그사이 주세광이 담기령을 향해 슬쩍 눈짓을 했다.

"무림의 필부(匹夫)가 태자 전하께 인사 올립니다. 절강성 처주부 용천현에서 온 담기령이라 하옵니다."

"자리에 앉으시오."

완전히 평정심을 회복한 주휘량이 고개를 끄덕이며 제대로 인사를 받았다. 그리고 두 사람이 자리에 앉기가 무섭게, 주휘량이 주세광을 향해 말했다.

"거두절미하고 그 정보라는 것에 대해 말씀을 해 보십시오. 또한 담 가주와 동행을 청한 이유도 알고 싶습니다."

그 말에 주세광이 조심스러운 목소리로 답했다.

"소신도 모르옵니다."

"뭐라고요?"

애써 평정심을 되찾은 얼굴에 다시 한 번 구겨지려는 찰나. 담기령이 불쑥 끼어들었다.

"소인이 말씀을 올려도 되겠습니까?"

주휘량의 날카로운 시선이 담기령을 향해 꽂혔다.

보아하니 이 무례한 상황을 만든 이가 담기령인 것 같았기 때문이다. 하지만 이미 알현을 허락한 마당에 이제 와서 뭐라 따지는 것은 번거로운 일이었다. 일단은 방금 말한 정보라는 것을 들어 보아야 할 터였다.

"말하게."

"소신이 속해 있는 절강무련은, 지난 삼 년간 오왕부를 도와 문제의 집단을 추적해 왔습니다. 그리고 얼마 전 우연한 사건을 계기로 그 집단이 중원 곳곳에 마련해 놓은 거점들에 대해 알게 되었고, 그곳의 높은 직급에 있는 자들을 생포해 꽤 많은 것을 알게 되었습니다."

"그, 그게 사실인가?"

주휘량이 깜짝 놀라 물었다.

남궁세가를 포함해 무림맹까지 매달려 있는 일이었다. 그런데 아직까지 제대로 이름도 알리지 못한 지방의 작은 세가에서 그 사실을 알아냈다니 놀랄 수밖에.

"사실이옵니다. 또한, 그때 사로잡은 자들을 소인의 아우와 함께 남경으로 끌고 왔습니다."

"말해 보라. 그래 놈들의 정체가 무엇인가?"

주휘량이 급히 물었다.

평소의 그였다면, 왜 그 사실을 주세광에게도 말하지 않고 직접 알현을 청했는지 의심을 했을 상황임에도 너무 반갑고 놀라운 이야기라 거기까지 생각이 미치지 못한 것이었다.

"놈들의 정체는…… 오왕부입니다."

순간 방 안에 싸늘한 정적이 내려앉았다.

주휘량과 주세광 두 사람은 순간적으로 표정이 굳은 채 서로 눈짓을 교환하더니, 이내 얼굴에 짙은 노기를 띠며 담기령을 노려본다.

"네, 이놈!"

주휘량은 물론, 태자의 앞이라는 것을 순간적으로 망각한 주세광까지 버럭 소리를 질렀다. 지금 누구 앞에서 농간을 부리려 든단 말인가.

그런 두 사람의 반응을 예상했다는 듯 담기령이 재빨리 설명을 더했다.

"현 오왕부가 아닌, 과거의 오왕부 말입니다."

"뭐?"

다시 한 번 짧은 정적이 세 사람 사이에 내려앉았다.

그리고 담기령의 부연이 이어졌다.

"영락제께서 제위에 오르신 후, 사라진 그 오왕부 말입니다."

겨우 흥분을 가라앉힌 두 사람은 천천히 기억을 더듬었다. 그리고 지금의 오왕부와 똑같은 이름의 왕부가 과거에 존재했었다는 사실을 기억해 냈다.

당시의 오왕은 건문제의 형제로, 건문제 즉위 당시 오왕에 책봉되었었다.

하지만 연왕이 건문제를 몰아내고 제위에 올라 영락제가 되었을 때 사라진 왕부였다.

대만에 몰락해 버린 왕부가 바로 과거의 오왕부였다. 그런데 그때의 오왕부가 아직까지 명맥을 이어 오고 있었단 말인가.

아니, 지금껏 자신들의 쫓아왔던 세력의 실체가 오왕부라면 단순히 명맥을 이어 온 게 아니다. 해적들과 손을 잡고 중원 전역에 유황을 밀거래할 정도로 커다란 세력이었다.

"더 말해 보게."

주휘량의 재촉에 담기령이 조금 더 입을 열었다.

"삼 년 전, 항주 구씨세가의 사람들이 죽으면서 전했던 말이 오(吳)였다는 것을 기억하실 것입니다. 바로 과거의 오왕부를 가리키는 말이었던 것이지요."

"아아!"

주세광의 입에서 탄성이 새어 나왔다. 이제야 긴 시간 찜찜해했던 단서에 대한 의문이 풀린 것이다.

"그래서, 놈들이 지금 어디에 있는가?"

"현재, 왜구들을 규합해 어느 섬에서 세력을 키우고 있는 것은 물론, 중원 각지에 외따로 떨어져 있는 마을들을 장악해, 자신들의 거점으로 활용하고 있습니다. 또한 최근 각지에서 일어나고 있는 신흥 산적이나 수적 세력들 역시 놈들이 미리 깔아 놓은 일종의 첨병입니다. 중원 각지의 유황들은, 왜구들을 통해 동영에서 들여오는 물건입니다."

주휘량은 십 년 묵은 체증이 내려가는 듯한 기분을 느끼며 거듭 물었다.

"하아! 그랬군. 그래, 놈들이 지금 주둔해 있는 그 섬이 어디인가? 당장 폐하께 말씀을 올려야겠네."

하지만 담기령은 한껏 기대에 부푼 주휘량의 얼굴을 빤히 바라보기만 할 뿐 입을 꾹 다문 채 열지 않았다.

"어허, 뭐하는 겐가?"

급히 다그치는 주세광의 얼굴에 적잖이 당황한 표정이 떠올랐다.

단순한 황족이 아닌, 이 나라의 태자인 주휘량에게 이 무슨 무례한 행동이란 말인가.

이렇게 얼굴을 빤히 응시하는 것만으로도 죄를 물을 수 있는 상황인데, 거기에 더해 묻는 말에 일부러 대답을 하지 않고 있으니 당황할 수밖에.

하지만 담기령은 주세광에게는 시선도 주지 않은 채, 여전히 주휘량을 응시할 뿐이었다.

이쯤 되니, 처음에는 한 번도 없던 경험인 탓에 상황을 제대로 인지하지 못하고 멍한 표정을 짓고 있던 주휘량의 얼굴이 딱딱하게 굳었다.

"지금 이게 무슨 짓인지 제대로 설명을 해야 할 걸세."

그제야 담기령이 입을 열었다.

"태자 전하의 확답을 원합니다."

"확답? 무슨 확답 말인가?"

"지금 저 바다 밖에 있는 과거의 오왕부는 당금의 황제

폐하의 정통성을 부인하고 있습니다. 그런 그들의 목적은 자신들이 자금성으로 들어가는 것입니다. 그리고 그 과정 중 하나가 바로 무림의 장악입니다."

세 번째 정적이 맴돈다.

지금까지 유황과 관련된 일들을 추적해 왔던 이유는, 그들이 중원의 질서를 어지럽히고 있기 때문이었다.

그렇기에 그들의 진짜 목적이 무엇인지 고민해 본 적이 없었다.

그저 무도한 놈들이 사리사욕을 위해 하는 짓이라는 정도로만 치부해 버렸었다. 그런 상황이 갑자기 역모로 넘어가 버리니 머릿속을 두드리는 충격은 이루 말 할 수 없을 정도.

"이, 이 역적……."

주휘량이 분에 못 이겨 노성을 내뱉으려는 찰나, 갑자기 담기령이 그의 말을 끊었다.

"그렇습니다. 놈들은 역적이지요."

"그래서 놈들이 있는 곳이 어디더냐!"

"아직 제가 얻고자 하는 확답에 대해서는 말씀을 드리지 못했습니다."

"그게 무엇이냐?"

"역적의 토벌을, 저희 절강무련이 총괄할 수 있도록 해 주십시오."

"음?"

주휘량의 얼굴에 옅은 당혹감이 번졌다.

그리고 이내 약간의 피로가 몰려오는 느낌을 받았다. 담기령의 인사를 받은 직후부터 지금까지 쉴 새 없이 감정 상태가 변하고 있는 까닭이었다.

하지만 지금 담기령이 말하는 바가 무엇을 뜻하는지 눈치채지 못할 주휘량이 아니었다.

주휘량이 짙은 노기를 띤 얼굴로 담기령을 노려보며 나지막이 물었다.

"공을 먼저 챙기겠다, 이 말이렷다?"

역적 토벌을 총괄한다는 것은, 역적을 토벌하는 데 가장 큰 공을 세운다는 의미다. 물론 실패 했을 경우 가장 큰 책임을 져야 하지만, 성공했을 경우 논공행상의 가장 첫 번째에 이름을 올릴 수 있었다.

물론, 나라의 녹을 먹는 관리가 아니니 공신이 된다거나 할 수는 없겠지만, 그에 상응하는 커다란 것을 얻을 수 있었다.

담기령은 지금 그것을 요구하고 있는 것이었다.

"그렇습니다."

일말의 주저함도 없이 고개를 끄덕이는 담기령의 반응에 주휘량이 조금 의외라는 표정을 지었다.

아무리 그게 사실이라 해도 보통은 나라의 안위를 위해 앞장서겠다는 명분을 먼저 내세우지 않는가. 적어도 이 나라의 태자인 그 앞에서는 말이다.

하지만 눈앞의 사내는 그런 입에 발린 말 따위는 입에 담지 않는다. 그러면서도 당당하게 자신의 시선을 조금도 피하지 않는다.

주세광을 통해 담기령에 대해서는 어느 정도 이야기를 들은 바가 있었다. 작은 세가를 일으켜 절강성 전체에 영향력을 끼치고 있는 뛰어난 인재라고 들었다.

하지만 주휘량은 그런 담기령의 능력에 대해 크게 생각해 본 적이 없었다. 그런데 오늘 만나 보니 그게 아니다.

무림의 수많은 인사들을 만나 보았지만, 하늘을 떨어 울린다는 무공을 지닌 이들도 자신 앞에서 이런 태도를 보일 수 있는 담력을 지닌 이는 없었다.

하지만 그렇다고 해서 지금의 이런 태도가 용인될 수 있다는 의미는 아니다.

"감히 나라의 중차대한 일을 가지고 나와 거래를 하겠다는 것인가!"

버럭 호통이 터진다.

동시에 주휘량의 전신에서 뿜어져 나오는 강렬한 위압감이 담기령의 전신을 휘감는다.

공력이나 살기 같은 것이 아닌, 지고무상의 자리에 오를 운명을 타고 태어나 그렇게 자라고 그것만을 배운 이의 몸에 자연스레 배어 있는 기운. 마주한 이가 저절로 경외감을 느끼고 무릎을 꿇게 만드는 패자(霸者)의 기운이었다.

하지만 대답하는 담기령의 얼굴에는 조금의 감정의 동요도 보이지 않았다.

게다가 그 대답이라는 게 더 가관이다.

"정확하게 보셨습니다."

"뭣이?!"

"저는 전하와 거래를 하려는 것입니다."

"지금 누구 앞에서 그런 말을 하고 있는 줄은 알고 있느냐!"

"당금의 태자 전하이며, 다음 대의 천자가 되실 분이지요."

"네, 네놈이 감히!"

주휘량은 너무 격한 분노로 인해 온몸을 부들부들 떨고 있었다.

처음에는 꽤 재미있는 놈이라고 생각했다. 그래서 적당히 호통을 치다가 이야기를 맞춰 볼 생각이었다.

하지만 대답 하나 하나가 그냥 듣고 넘어갈 수 없을 도를 넘어서니 저도 모르게 이렇게 격한 감정을 드러낸 것이다.

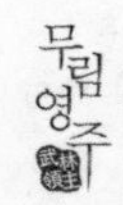

그런 두 사람의 모습을 보고 있는 주세광은 온몸에 땀을 비 오듯 흘리고 있었다.

자신이 데리고 온 담기령이 저런 무례한 행동을 하고 있으니, 결국 그 책임이 자신에게까지 미칠 게 자명한 일인 탓이다.

그런데 지금 자신이 할 수 있는 일이 없다는 게 더 문제였다. 황태자가 누군가와 이야기를 하고 있는데 끼어드는 것 또한 불경이기 때문이다.

주휘량의 두 눈 가득 살기가 일렁이고 있음에도 담기령의 태도는 조금도 변하지 않았다. 공손하게 변하기는 커녕 한층 더 불경스럽게 변한다.

"나라의 역적을 칠 수 있는 영광스러운 기회를 주십사, 하고 청했다면 전하께서는 어찌 말씀하셨겠습니까?"

이건 숫제 비아냥거리는 게 아닌가.

"네 이놈! 오늘 네놈이 살아서 이곳을 나설 수 있으리라 여기느냐!"

주휘량이 저도 모르게 벌떡 일어나 삿대질을 하며 호통을 친다.

나라의 태자로서 절대 바람직하다 볼 수 없는 행동이었지만, 머리 꼭대기가지 솟구친 화가 그의 이성의 끈을 끊어 내 버렸다.

하지만 담기령은 여전히 담담했다.

"맡겨만 주신다면, 무림의 힘만으로 역적들을 치겠습니다."

"뭐!"

"구변진을 막고 있는 정예병은 물론, 경사의 금의위나 어림군의 도움 없이 무림의 힘만으로 놈들을 치겠다 말씀드리는 것입니다."

담기령의 설명에 주휘량은 노기로 뒤죽박죽이 되었던 머릿속이 갑자기 깔끔하게 씻겨 내려가는 동시에, 가슴속이 차갑게 식는 기분을 느꼈다.

군을 움직인다는 것은, 국고가 빈다는 뜻이다.

어떤 방식이라 해도 군이 원정을 하게 되면 막대한 돈이 들 수밖에 없기 때문이었다. 그런데 지금 담기령은 그런 손실 없이 역적들을 토벌하겠다고 말하고 있다.

주휘량은 중원의 천자가 될 자로서 교육을 받고 그렇게 자라 왔다.

당연히 자신의 권위나 명예, 그리고 명분 등에 민감할 수밖에 없었고, 그렇기에 담기령의 태도에 화를 낸 것이었다.

하지만 주휘량이 그보다 더 중요하게 여기는 것은 실리다. 그리고 지금 담기령은 확실하게 그 실리를 챙길 수 있는 기회를 제공한 것이었다.

만약 담기령이 말한 대로만 이루어진다면, 그것은 또 자신의 공이 되기도 하는 일이었다.

"다시 한 번 말해 보아라."

"놈들 정도의 군세라면, 지방군으로는 토벌이 불가능합니다. 게다가 수군을 동원하는 것도 현실적으로 힘이 들지요. 그렇다고 북원을 막고 구변진의 군대를 빼는 것 또한 부담이 크다는 것은 전하께서도 아실 것입니다. 그러니 현실적으로 동원 가능한 토벌군은, 북경의 어림군이나 무림맹밖에 없습니다. 하지만 어림군이 움직이지 않는 상태에서 무림맹을 동원하기에는 명분이 약하지요."

황제의 명령이라면 무림맹을 이용하는 것이 가능했다. 하지만 그러기 위해서는 명분이 필요했다.

물론, 역적의 토벌이라는 명분은 아주 훌륭한 것이다.

하지만 그것은 어디까지나 정치의 논리지, 무림의 논리가 아니었다.

역적을 토벌하려 하는데 어림군만으로는 벅찬 감이 있으니 무림맹에서 도와 달라는 정도의 명분은 필요했다.

즉, 무림맹의 힘만 이용해서 역적을 토벌하겠다는 얘기가 먹힐 리가 없었다. 가만히 앉아서 무림만 피를 흘리라는 말이니 바보가 아닌 이상 명대로 할 리가 없다.

거기에 무림맹을 동원한 만큼 그들에게 쥐어 주어야 할

것도 아주 크다. 무림의 힘 절반을 끌어다 쓰는 격이니, 그만큼 무림맹에 대가를 치러야 하는 것이다.

하지만 만약 담기령이 말한 대로, 황실이 아닌 담기령이 무림맹의 힘을 동원할 수 있다면 어느 모로 봐도 황실에는 이득이었다.

군의 힘을 소모시킬 필요도 없고, 황실이 무림맹에 질 빚도 사라진다.

물론 담기령의 말대로 진행된다 해도 무림맹에 어느 정도 대가를 치러야 하기는 하겠지만, 황실이 직접 나서는 것보다는 훨씬 싸다.

주휘량이 고개를 끄덕이며 한층 누그러진 목소리로 말했다.

"그대의 말이 맞다. 분명 무림맹만 동원해 역적들을 토벌하는 것은 힘들다. 만약 그대의 말대로 된다면, 황실로서는 아주 좋은 그림이 나올 게 분명하다."

하지만 그것은 어디까지나 담기령이 무림맹을 움직일 수 있다는 확신이 있어야만 가능했다.

"과연 그대가 무림맹을 움직일 수 있겠는가?"

담씨세가가 절강무림을 결성했다고는 해도, 무림에서는 아직 그리 이름을 날리고 있는 세가가 아니었다.

그저 지방의 소규모 세가일 뿐이다. 그런 세가의 주인인

담기령에게 그 정도 영향력과 힘이 있는가 하는 것이 문제였다.

"할 수 있습니다."

"어떻게?"

주휘량이 호기심 어린 표정으로 물었으나, 담기령은 작게 고개를 저었다.

"세세한 방법까지는 전하께서 모르시는 게 좋을 듯합니다."

주휘량의 표정이 묘하게 변했다.

지금 담기령이 하는 말의 의미는 빤했다. 아주 떳떳한 방법은 아니라는 의미다.

즉, 모르면 모르되, 아는 이상은 어떤 식으로든 좋지 않은 영향을 받게 될 거라는 의미였다.

하지만 그런 말을 들었다고 바로 고개를 끄덕일 수도 없다.

만약 담기령이 무림맹의 힘을 끌어오지 못하게 될 경우, 황실의 손해가 더 커지기 때문이다.

담기령의 방법이 실패할 경우, 황실에서 무림맹에 손을 벌린다면 그들은 더 큰 것을 요구할 게 빤했다.

원래는 열 정도만 주고 쓸 수 있는 무림맹의 힘을, 괜히 다섯만 주고 쓰려다가 스물을 줘야 하는 난감한 상황이 생길 수도 있었다.

그렇다면 결국 주휘량이 선택할 수 있는 것은 하나밖에 없었다.

"그렇다면 그냥 역적 놈들의 위치를 말하게."

위험한 도박을 하느니, 약간의 손해를 감수하더라도 안정적인 방법을 택하는 것이 옳다는 판단.

하지만 담기령은 고개를 저었다.

"그럴 수 없습니다."

똑같은 담기령의 대답에도 주휘량은 더 이상 흥분하지 않았다. 대신 은근한 살기와 위압감을 뿜어내며 힘주어 말한다.

"선택을 하라. 순순히 말을 하거나, 험한 꼴을 본 후에 말을 하거나."

"둘 다 거부하겠습니다."

"내 말을 거역하고 무사히 이곳을 빠져나갈 수 있으리라 생각하는 것이냐?"

주휘량이 뿜어내는 살기가 한층 짙어졌다. 하지만 담기령의 태도는 시종일관 변함이 없다.

"그렇다면 전하께서는 고문을 해서라도 제 입을 여실 수 있겠습니까?"

오히려 더욱 강경하게 주휘량을 압박한다.

선택할 수 있는 것은 단 두 가지. 자신의 요구를 들어주거나, 과거 오왕부에 대한 정보를 포기하거나, 둘 중 하나를 택하라는 말이다.

"네놈 또한 역적과 똑같이 취급해 구족을 멸할 수도 있다."

한층 강경한 대답이 되돌아온다. 물론, 그런 협박에 기가 죽을 담기령이 아니었다.

오히려 한층 강경한 태도로 일관한다.

"태자 전하께서 과연 그리하실 수 있겠습니까? 만약 그리하신다면, 저 바다 밖의 역적들이 아주 좋아하지 않겠습니까?"

"뭐, 뭣이?"

"지금 이쪽에서 저들의 근거지를 아는 사람이 저 하나밖에 없는데, 저를 치신다면 좋아할 자가 누가 있겠습니까?"

"그런 놈들이 아무리 힘이 좋아도 황실을 이길 수는 없을 것이다."

"하지만 그로 인해서 피해는 훨씬 커지겠지요. 그것을 택하시겠습니까? 전하께서 어찌하시든 저는 상관없습니다. 소인은, 소인의 가문을 키우기 위해 모든 것을 걸어 왔습니다. 그리고 지금 소인이 가지고 있는 정보는, 그 목표를 이루게 해 줄 수단입니다. 만약 목표를 이룰 수 없다면, 모든 것을 포기하도록 하겠습니다."

완전히 배수의 진을 쳐 버리는 담기령의 태도에 주휘량의 얼굴에 당혹감과 함께 짙은 노기가 떠올랐다.

"지금 그대의 입에 걸려 있는 목숨은, 단순히 그대의 가문만이 아니라, 절강무련에 속해 있는 모든 무림 세력들이라는 것을 알고 있을 것이다. 관련도 없는 이들의 목숨까지도 자신의 욕심으로 희생시키겠다는 것인가?"

주휘량은 치밀어 오르는 노기에 묘한 두려움이 뒤따르는 것을 느꼈다. 태자인 자신 앞에서 저런 광오한 말을 하면서도, 아무런 감정의 동요도 보이지 않는 모습에 일순간 섬뜩함을 느낀 것이었다.

하지만 그것은 주휘량으로서는 자존심에 커다란 금이 가는 일이었다.

장차 중원의 지존이 될 자신이, 무림의 필부에게 두려움을 느낀다는 것은 절대 있을 수 없는 일이다.

주휘량은 앞으로 내밀고 있던 상체에 힘을 풀며 등받이에 몸을 기댔다. 그러면서 함께 있는 두 사람에게 들리지 않도록 한껏 소리를 죽인 채 숨을 골랐다.

잠깐 동안이지만 머릿속으로 환기시키고 생각을 정리할 필요가 있었다. 일순간 느꼈던 복잡한 감정 뒤로, 묘한 의문이 솟구친 탓이었다.

무고한 이들을 희생시켜서라도, 자신의 목적을 이루겠다는 저 생각은 분명한 패도(覇道)였다.

하지만 그런 말을 아무렇지도 않게 입에 담는 담기령에게서 조금도 그러한 기운이 느껴지지 않는 탓이었다.

즉, 진심이 아닌 말을 입에 담았다는 뜻이다.

주휘량이 어려서부터 접한 사람들 중 평범한 인물은 없었다.

마음속에는 날카로운 비수를 품고 있으면서도 얼굴에는 한 가득 미소를 머금고, 말 한마디에도 수많은 의미를 담아내는 이들이었다. 그런 이들을 수없이 상대하며 날카로운 안목은 다듬어 온 주휘량이니, 담기령의 본질을 보지 못 할 리가 없었다.

그렇다면 왜 위험을 무릅쓰고 이런 거짓말을 하는 것인가.

이미 답은 나와 있었다.

담기령이 제 입으로 이미 말을 했다. 자신의 가문을 크게 일으켜 세우겠다는 것. 담기령은 지금 그 일에 목숨을 걸고 있는 것이었다.

다른 이들을 희생시키겠다는 말은 진심이 아니라 해도, 적어도 자신의 생사에 대해서는 개의치 않는 것이 분명했다.

머릿속으로 생각을 정리한 주휘량이 담기령에게 물었다.

"가문을 일으켜 세우는 것이 그대의 목을 걸 정도의 가치가 있는 일인가?"

뜬금없지만 묘하게도 현재의 갈등을 모두 관통하는 질문이었다.

담기령은 큰 고민 없이 짧게 답했다.

"제 조부의 숙원이었습니다."

천하제일세가.

그 말은, 할아버지의 단순한 허풍이 아니라 일생의 숙원이었다는 것이 담기령이 오래전 내린 결론이었다.

그리고 이제는 담기령 자신의 숙원이기도 했다. 그러니 목숨을 걸 가치는 충분히 있었다.

문제는 담기령에게만 그런 가치가 있다는 것. 주휘량에게는 아무런 가치도 없는 일이었다.

주휘량이 한층 차분한 목소리로 말했다.

"실제로 거래할 수 있는 것을 내놓게."

그 모습을 보고 있는 주세광의 얼굴에 당혹감이 스쳤다.

오늘 담기령은 물론 자신까지도 큰 화를 당하리라 생각했는데, 오히려 주휘량이 담기령의 제안을 받아들일 것 같은 태도를 취하니 그로서는 놀라울 따름이었다.

그러는 사이 담기령이 주휘량의 말에 대답했다.

"저는 이미 거래를 제안하였습니다만?"

"실패했을 경우 감당해야 할 손해가 너무 커."

이렇게까지 이야기를 한다는 건 적어도 거래를 할 마음은 있다는 뜻.

주휘량의 의도를 단번에 파악한 담기령이 옅은 미소를 지으며 말했다.

"그렇다면 담보를 원하시는군요."

"그럴 능력이 있는가?"

"절강무련에 대해 어느 정도 아시는지요?"

아까 담기령이 자신이 절강무련에 속해 있다는 이야기를 하기는 했지만, 절강무련에 대해서는 아는 바가 없었다. 자연스레 주휘량의 시선이 주세광에게로 향했다.

"예전에 처주무련에 대해서 말씀을 올렸던 것을 기억하십니까?"

주세광의 물음에 주휘량이 고개를 끄덕이며 대답했다.

"기억합니다. 저 사람이 그 처주무련의 련주라고 했지요."

"그리 오래된 일은 아닙니다만, 그 처주무련이 절강무련의 전신입니다. 세를 확장하고 절강성 각 지역 중소방파들을 규합하여 하나의 련을 결성하였습니다."

"흐음, 그렇군요."

고개를 끄덕이던 주휘량이 문득 뭔가가 떠올랐는지 주세광에게 다시 질문을 던졌다.

"그때 절왜관을 설치해서 왜구들의 약탈을 거의 원천봉쇄 했다 들었습니다. 혹시, 절강무련에서도 그 일을 하고 있습니까?"

주휘량이 들었던 처주무련의 행사 중, 가장 훌륭하고 인상 깊은 성과가 바로 그 절왜관이었다.

"예, 절강무련을 결성하고 가장 먼저 시행한 일이, 절강성 전체에 절왜관을 설치하는 것이었습니다."

"그렇다면 지금 절강무련에는, 절강 무림의 모든 무림 방파들이 속해 있는 것입니까?"

"아직은 아닙니다만, 결성을 반대하던 이들이 절강무련 결성과 동시에 적대적인 행동을 보인 터라 정리하는 중입니다."

"알겠습니다."

설명을 통해 대략의 상황을 머릿속에 정리한 주휘량이, 담기령을 향해 물었다.

"그 절강무련을 언급하는 이유가 무엇인가?"

"제가 무림맹을 설득하지 못하거나, 토벌을 실패한다면 절강무련을 전하께 드리겠습니다."

"음!"

"아, 물론 대외적으로는 그러한 사실을 숨기는 것이 좋겠지요. 어쨌든, 이 정도면 담보가 되겠습니까?"

생각지도 못한 이야기에, 주휘량과 주세광 두 사람의 얼굴에 동시에 당혹감이 스쳤다.

현재 절강성의 무림 세력들은 절강무련으로 하나가 된 상황이었다.

그동안 여러 가지 이유로 뜻을 모으지 못했던 절강무림이 절강무련으로 하나가 된다면, 그 힘은 점점 더 커질 것이다. 아마도 빠른 시일 내에 중원무림에서도 꽤 큰 영향력을 가질 가능성이 높았다.

그런 절강무련이 주휘량의 휘하로 들어간다는 말은, 지금까지 간접적으로 무림의 일에 관여해 왔던 황실이 직접적인 힘을 행사할 수 있다는 의미가 되는 것이다.

담기령이 대외적으로 그 사실을 숨긴다고 말한 이유는, 다른 무림 세력들이 황실의 직접적인 개입에 반대할 게 빤하기 때문이었다.

어쨌든 생각지도 못한 조건에 주휘량은 깊은 고민에 잠겼다.

담기령이 일을 성공했을 경우, 자신은 태자로서 큰 공을 세우고, 황실은 물론, 대신들을 장악할 수 있는 영향력을 얻을 수 있었다.

그리고 실패했을 경우에도 절강무련이라는 커다란 무림세력을 얻게 된다. 성격은 다르지만 둘 다 주휘량에게는 큰 이득이 되는 일이었다.

하지만 그렇다고 덥석 손을 내밀기는 어려운 제안이다. 성공하기만 하면 아주 좋은 상황이 되지만, 실패했을 경우 얻는 것을 보고 마냥 좋아하기에는 부담스러운 부분이 있기 때문이었다.

주휘량 자신이야 커다란 것을 얻게 되지만, 무림맹을 잘 달래서 그들의 힘을 이용하려면 생각보다 큰 국고의 손실을 감수해야 하기 때문이었다.

즉, 실패할 경우 자신은 태자로서 황실에 손해를 끼치는 과오를 저지르는 셈이었다. 그렇기에 담기령은 그에 대한 대가로 절강무련을 내놓겠다고 말하는 것이었다.

절강무련을 휘하에 두게 된다는 것은, 무림에 직접적인 개입이 가능한 동시에 그들 속에서 무림을 감시할 수도 있게 되는 일이었다. 그리고 그로 인해 얻어지는 이득은 무궁무진할 터.

주휘량에게는 어느 정도 위험을 감수하면서까지 이 제안을 받아들일 정도의 가치가 있다고 보아야 했다.

그렇다면 지금 주휘량이 결론을 내려야 하는 것은 단 하나로 좁혀지는 셈이었다.

이 나라의 태자로서, 실패했을 때 황실에 손실을 주면서까지 자신이 이득을 얻는 것이 정도를 넘어서는 것인지 아닌

지에 대한 판단.

한참을 고민하던 주휘량이 담기령을 향해 말했다.

"성공했을 경우에도 그대와 내가 서로 도우면서 지낸다는 조항이 추가되면 좋겠군."

주휘량은 담기령을 만나기 전에 가지고 있던 그에 대한 박한 평은 이미 머릿속에서 지운 지 오래였다.

잠시 동안 자신을 크게 노하게 만들기는 했지만, 지금은 또 이렇게 깊은 고민을 하게 만들고 있었다.

누구를 상대하든 자신이 원하는 쪽으로 결과를 이끌어 낼 수 있는 능력이 있다는 뜻. 게다가 지방의 작은 세가를 절강성 전체에 영향력을 끼칠 수 있을 정도로 크게 키웠다. 그 역시 담기령의 능력.

이런 자는 내치거나 적으로 만드는 것 보다는, 가까이 두고 긴밀한 관계를 맺는 것이 훨씬 이득이었다.

담기령이 피식 웃으며 말했다.

"제 가치를 꽤 후하게 쳐 주시는 것 같군요."

"싫은가?"

담기령이 환한 얼굴로 답했다.

"천하에서 두 번째로 높은 분, 장차 중원의 지존이 되실 분께 선을 대는 일이지 않습니까? 싫을 리가 없지요. 그럼 그렇게 이야기가 마무리되는 걸로 알면 되겠습니까?"

"북경으로 올라가 폐하의 허락을 먼저 득해야 하네. 그때까지는 기다리도록 하게."

"예, 저는 준비를 위해 절강으로 돌아가 전하의 명을 기다리도록 하겠습니다. 예상하시겠지만, 사로잡은 놈들은 전하의 명이 떨어질 때까지 저희 세가에서 데리고 있겠습니다."

"거래는 깔끔하게 마무리해야지. 알겠네."

복잡한 감정이 오간 끝에 화기애애하게 대화를 마무리하는 두 사람의 모습에, 주세광이 복잡한 표정을 지어 보였다.

머릿속도 마찬가지로 복잡했고, 이곳을 나서면 담기령과 나누어야 할 이야기도 아주 많을 듯했다.

하지만 그 전에 이곳의 대화를 마무리해야 했다.

"그럼 저희는 이만 물러가겠습니다."

주세광의 인사에 주휘량이 꽤 밝은 표정으로 고개를 끄덕였다.

3장
두 번째 거래

"저에게 하실 말씀이 있지 않습니까?"

태자와 이야기를 마치고 밖으로 나서던 중, 담기령이 주세광을 향해 물었다.

"흠……."

주세광은 고개를 끄덕이면서도 대답 대신 옅은 침음성을 흘릴 뿐이었다.

그러면서도 걸음은 멈추지 않고 묵묵히 걸음을 옮겼고, 담기령도 더는 말을 붙이지 않고 그 뒤를 따랐다.

그렇게 한참을 걸어 태자궁 밖으로 나서니, 밖에서 기다리고 있던 주세광의 호위들이 다가왔다. 그제야 걸음을 멈춘 주세광이 담기령을 향해 말했다.

"함께 가면서 이야기를 하겠나?"

"그러시지요."

두 사람이 마차에 오르고, 네 명의 호위무사가 말에 올라 마차를 둘러쌌다. 이내 마차가 출발하고, 주세광이 담기령에게 시선을 고정시켰다.

"자네의 해명을 듣고 싶네."

주세광의 말에 담기령은 조용히 호흡을 골랐다. 태자를 상대할 때보다 주세광을 상대하는 지금 더 짙은 긴장감이 밀려왔다. 그만큼 주세광이 만만한 사람이 아니기 때문이었다.

"죄송합니다."

일단 사과의 말을 입에 담는 담기령의 대답에, 주세광의 얼굴에 복잡한 감정이 떠올랐다.

주휘량 앞에서의 일은, 담기령이 주세광을 완벽하게 무시한 처사였다.

정확하게는 주세광에 대한 무시가 아니라, 주세광을 위시한 중원 전역의 왕부의 현실에 대한 무시라 할 수 있었다.

명의 번국들은 나라의 이름이 있고 왕이 있고, 그들의 궁(宮)이 있으며 신하도 있었다.

하지만 정작 가장 중요한 것, 나라가 '나라'가 되고 왕이 '왕'이 되는 데 가장 중요한 '백성'이 없었다. 명 초기에는 병권(兵權)이라도 있었으나, 영락제 이후로는 그조차도 없어졌다.

즉, 아무런 권력이 없는 허울뿐인 존재였다.

그러니 담기령은 원하는 것을 얻어 내기 위해, 태자와 이야기를 해야 했고 자연스레 주세광은 뒷전이 되었던 것이다.

담기령의 지금 사과는 그러한 자신의 행동에 대한 사과였고, 그 의미를 주세광 또한 이해했기에 마음속이 복잡해질 수밖에 없었다.

"알았네. 그런데 자네는 내가 참 못 미더웠나 보구먼."

주세광은 고개를 끄덕이면서도 앙금이 완전히 가시지 않은 듯 가시 돋힌 말을 내뱉는다. 그런 정보를 자신에게 아무런 언질도 주지 않고, 태자를 만난 후에야 내놓은 것을 두고 하는 말이었다.

담기령이 고개를 내저었다.

"그럴 리가 있겠습니까?"

"그런데 나한테 미리 언질도 주지 않았단 말인가?"

"다시 한 번 죄송한 말씀을 드려야 할 것 같으니, 미리 한 번 더 죄송하다는 말씀을 올리겠습니다."

"뭐?"

담기령의 말에 주세광이 이해할 수 없다는 표정을 짓는다. 하지만 담기령은 그에 대한 대답 없이 곧장 자신의 이야기를 이었다.

“한 가지 여쭙겠습니다. 제가 저하께 그 정보를 알려 드렸다면, 저하께서는 어찌하셨을 것 같습니까?”

“당연히 태자 전하께 말씀을 올렸겠지. 물론, 자네의 공에 대해서도 말을 했을 것이네.”

“그리고 역적의 토벌에 적극적으로 나서셨겠지요.”

“당연한 말을 하는구먼.”

“그런데 그 일이 오왕부에 위험할 수도 있다는 점에 대해 신중하게 생각을 해 보셨을까요?”

“무슨 말인가?”

당연한 일에 대해 당연하지 않은 질문이 돌아오니, 주세광의 얼굴에 의구심이 떠올랐다.

“태자 전하야 이번 일로 인해 오왕부와 친분이 있으니 별 생각을 하지 않으시겠지만, 과연 조정에서도 그리하였으리라 생각하시는지요?”

“음?”

“황상께서야 그냥 별일 아닌 것으로 치부할 수 있겠습니다만, 조정의 대신들도 그리하리라 생각하십니까?”

“무슨 말인가?”

머리가 둔하지 않은 주세광이었지만, 여전히 담기령이 뜻하는 바를 파악하지 못한 듯 계속 되물었다.

"오왕부가 역적 토벌의 주체가 되는 순간, 오왕부는 군사를 소유하게 된단 말이지요. 한시적인 상황이라지만 그것이 어떤 꼬투리를 잡히게 되리라 생각하십니까?"

주세광의 얼굴에 당혹감이 스쳤다.

미처 생각지 못한 부분이었다. 하지만 그렇다고 곧이곧대로 고개를 끄덕일 수만은 없는 이야기.

"역적을 토벌하기 위한 일일 뿐일세. 자네가 말했듯이 한시적인 상황이기도 하고 말이야."

"하지만 오왕부에서 먼저 병권을 요구하게 되는 모양새가 만들어집니다. 자칫하면 바다 밖의 역적이 아닌, 세자 저하의 오왕부가 억울한 덤터기를 뒤집어쓸 수도 있다는 말입니다. 또 한 가지, 말도 안 되는 일이라 여기시겠지만, 바다 밖 역적의 근원은 과거의 오왕부입니다. 그로 인해 현재의 오왕부까지 묘한 눈길을 받을 가능성을 배제할 수 없습니다."

"이곳 절강이 과거 오의 땅이기 때문에 책봉된 것뿐일세. 겨우 그런 걸로 시비를 걸 사람이 있단 말인가?"

"겨우 이름 때문에 억울한 일을 당한 사람이 역사적으로 한두 명이 아니라는 걸 잘 아시지 않습니까?"

"큼……."

"왕부가 가지는 한계에 대해 자꾸 언급해서 죄송합니다

만, 만에 하나라도 꼬투리를 잡힐 일은 하지 않으시는 게 좋습니다. 제가 미리 언질을 드리지 못했던 것에는 그런 이유도 있으니, 너무 마음에 담아 두시지 않으시길 바랍니다."

"어허, 이 사람! 아무리 그래도 내가 그렇게 속 좁은 사람으로 보이는가?"

바로 조금 전에 자신이 했던 말을 그새 잊은 듯 주세광이 애써 대범한 표정으로 말했다. 하지만 속으로는 안도의 한숨을 내쉬고 있었다.

담기령이 했던 말대로 행동하지 않았을 자신이 없었다.

스스로에 대해 아무리 좋은 평가를 내리려 해 보아도, 매사에 의욕이 강한 편인 자신이라면 분명 먼저 나섰을 것이었다. 그리고 그로 인해 위험한 상황이 되었을 가능성도 충분히 있었다.

속으로 그 상황에 대해 고민을 하는 주세광을 향해 담기령이 말을 이었다.

"일단 이번 일에서 제가 오왕부에 해 드릴 수 있는 일은, 토벌에 구씨세가의 역할에 비중을 많이 두는 정도가 될 듯합니다."

"알겠네."

그렇게 이야기를 마무리하는 순간 마차가 천천히 멈추었다.

슬쩍 마차 창밖을 확인한 담기령이 주세광을 향해 말했다.

"도착한 듯하군요. 태워 주셔서 감사합니다."

"그래, 나중에 다시 이야기하세."

"알겠습니다. 살펴 가십시오."

포권을 하며 인사를 한 담기령이 마차에서 내렸다.

"저에게 하실 말씀이 있으시다고요?"

구여상이 날카로운 눈초리로 백무결을 훑으며 물었다. 백무결은 잔뜩 공력을 끌어 올려 기감으로 주변을 확인 한 후 입을 열었다.

"그렇습니다."

묘한 침묵과 긴장감이 두 사람 사이에 흘렀다.

서로에 대해서는 어느 정도 아는 편이지만, 이렇게 따로 독대를 하는 것은 처음이었다. 게다가 백무결이 조심스러운 태도로 주변을 살피는 것을 보니, 구여상으로서는 무슨 이야기를 할지 긴장이 되는 것은 당연한 일.

그런 구여상의 반응에 백무결 또한 조심스러워지다 보니 생각보다 긴 정적이 흘렀다.

"무슨 이야기인지는 모르지만, 말씀을 하시지요."

먼저 침묵을 깬 사람은 구여상이었다. 백무결이 나지막한 목소리로 입을 열었다.

"무림맹에 숨어 있는 간자를 색출하는 데 구 부각주의 도움을 얻고자 합니다."

아무런 언질도 없이 불쑥 던지는 본론에 구여상의 눈꼬리가 잘게 떨렸다.

하지만 꽤 긴 시간, 무림의 노강호들을 상대해 온 그였다. 이 정도 이야기에 감정을 그대로 드러낼 리가 없다.

"간자라……. 무림맹에 간자가 있다는 것은 짐작하고 있습니다만, 별다른 단서가 없는 상황이 아닙니까. 그런데도 그리 말씀하시는 것을 보니, 무언가 알고 있는 모양이군요?"

"그리 대단한 걸 알고 있지는 않습니다만, 간자의 수가 몇 명인지 알고 있습니다."

"음?"

애써 평정심을 유지하던 구여상의 얼굴에 결국 당혹감이 스쳤다.

어렴풋이 짐작하는 수준이 아니라 꽤 자세한 정보이지 않은가. 지금까지 무림맹에서도 알아내지 못한 사실을, 무림의 일개 무인 집단이 알아냈다는 것은 꽤 놀라운 일이었다.

"그렇다면 누군지도 알고 있다는 말입니까?"

뒤이어진 구여상의 물음에 백무결은 고개를 내저었다.

"누구인지는 모릅니다. 하지만 구 부각주께서 도와주신다면 확실하게 색출해 낼 수 있으리라 봅니다."

구여상은 빠르게 생각을 정리했다.

'서하단이 가진 잠재력이 높기는 하지만, 정보를 다루는 데 있어서 이 정도로 뛰어난 집단은 아닐 터. 분명 누군가에게 도움을 받았을 거다. 그리고 백무결에게 이런 정보를 줄 정도의 인물은…….'

생각을 마친 구여상이 백무결을 향해 입을 열었다.

"담씨세가로 부터 얻은 정보인 모양이군요."

구여상이 아는 한도 내에서, 백무결과 개인적으로 깊은 친분을 가진 사람을 그리 많지 않았다. 그리고 그중에서 이런 고급 정보를 얻어 낼 만한 인물이라면 담기령 밖에 없었으니 당연한 추측이었다.

구여상의 말에 백무결은 별로 놀라는 기색 없이 고개를 끄덕였다.

"맞습니다. 그리고 구 부각주에게 도움을 얻으라는 이야기 또한 담 가주가 해 주었습니다."

"참, 재미있군요."

"재미?"

"담 가주와 저 사이에 있었던 일에 대해서는 아십니까?"

"대강의 이야기는 들었습니다."

"싫다고 내친 사람이 저를 추천했다니 재미있다는 거지요."

약간은 가시가 돋힌 듯한 구여상의 말에 백무결이 여전히 낮은 목소리로 말했다.

"구 부각주를 낮게 평가해 그런 것은 아니라 들었습니다만?"

"지난 이야기를 담아 두는 성격은 아니니 신경 쓰지 않으셔도 됩니다. 그저 담 가주와 저의 인연이 묘하게 흘러온 느낌이라 그런 것뿐입니다. 그래서 또 알고 계시는 정보는 무엇인지요?"

"우선 간자의 수는 모두 세 명입니다."

"예상보다는 적은데요?"

"그리고 세 명 모두, 구파 중 한 곳의 장문인입니다."

백무결의 말에 구여상의 눈이 날카롭게 빛났다. 그리고 순식간에 생각을 정리하며 입으로 자신의 생각을 쏟아 냈다.

"일단 소림을 제외한 여덟 개 문파의 장문인들이 모두 가능성이 있다는 말이군요. 하지만 그들의 성향을 따지면 다시 두 명 정도는 제외가 될 듯합니다. 결국 범위가 여섯 명으로 좁혀지는군요."

담기령과 백무결이 했던 추론을 똑같이 거쳐 나온 이야기였다.

백무결이 고개를 끄덕였다.

"그리고 담 가주와 나는 간자에 대한 내용을 부분적으로

공개하는 것이 좋지 않을까 하는 결론을 내렸습니다."

"반응을 보자는 말이군요. 거기에 더해서, 미리 공표를 해 버리면 간자가 있다는 걸 짐작하고 있는 세가 측에서 엉뚱한 움직임을 보이지 못하도록 사전에 막을 수도 있겠습니다."

"맞습니다. 괜히 들쑤셨다가 놈들이 완전히 숨어 버리면 답이 없으니까요."

"나쁘지 않은 생각입니다. 그럼 저는 지금 주신 정보를 토대로 범위를 좀 더 좁혀 보도록 하지요."

말을 마친 구여상이 자리에서 일어섰다. 그때 백무결이 급히 입을 열었다.

"그리고 한 가지 더."

구여상이 반쯤 일어났던 상태에서 다시 의자에 앉으며 물었다.

"더 하실 말씀이 있습니까?"

"구 부각주께서 도와주었으면 하는 일이 있습니다."

"제가 도울 수 있는 일이 그리 많지는 않습니다만?"

"이번 참에 서하단을 서하문으로 만들 생각입니다. 그 일에 대해서 구 부각주께서 힘을 좀 실어 주셨으면 좋겠습니다."

"각주도 아닌 일개 부각주가 도울 수 있는 일이……. 음?

서하문을 세운다는 게 혹시…….”

갑자기 뭔가 떠오른 듯 되묻는 구여상의 말에 백무결이 의미심장한 표정으로 고개를 끄덕였다.

“맞습니다.”

“흠…… 알겠습니다. 힘닿는 데까지 도와드리겠습니다. 그리고 이 일에 대해서는 우리끼리만 알고 있는 것이 좋을 듯합니다만?”

“걱정 마십시오. 서하단에서도 나만 아는 이야기니.”

“알겠습니다.”

의미심장한 눈빛을 주고받은 두 사람이 서로를 향해 고개를 끄덕였다.

“형님!”

담기명이 기겁을 한 표정으로 버럭 소리를 질렀다.

“어허! 깨겠다.”

담기령이 책망하는 눈빛으로 동생에게 주의를 주고는, 슬쩍 정면을 향해 시선을 툭 던졌다. 그곳에는 마용문과 오규산이 마혈을 점혈당해 혼절해 있었다.

그들의 모습을 확인한 담기명이 찔끔한 표정으로 제 입을 막는다. 하지만 이내 슬쩍 눈치를 살피며 입을 열었다.

“험험, 아무튼 그러다가 오왕부와 척이라도 지면 어쩌려고 그러셨습니까?"

담기명은 지금 막, 태자와 있었던 일에 대해서 전해 들은 참이었다. 반사적으로 기함을 할 수 밖에 없는 이야기였던 것이다.

실질적인 권력이 없는 오왕부라고는 하나, 그들이 절강성 전체에 끼칠 수 있는 영향력은 막강했다.

물론, 아무리 막강한 영향력을 행사한다 해도 황태자나 황실의 힘에는 절대 미치지 못하는 것이 사실이기는 했다.

하지만 아무리 약해도 가까이 있는 칼이 더 무서운 법이었다. 그런데 오왕부에 그런 짓을 했으니 담기명으로서는 걱정이 되는 게 당연한 일.

"알아듣도록 잘 설명했으니 걱정하지 마라."

"어, 어떻게요?"

"뭘 어떻게는 어떻게냐? 사실 대로 말 했지."

"사실대로요?"

담기령의 말을 곱씹던 담기명이 멈칫하며 생각에 잠겼다. 그러다 갑자기 흠칫한 표정을 짓더니 잔뜩 겁에 질린 목소리로 물었다.

"설마 아무리 날고 기어도 오왕부가 할 수 있는 건 한계가 있다는……. 그런 말씀을 하신 건 아니지요?"

하얗게 질린 얼굴로 묻는 담기명의 모습에 담기령이 나직

하게 웃음을 터트린다.

"하하!"

"뭐, 뭐가 그리 재미있습니까?"

"너도 이제 제법 생각을 잘할 수 있게 되었구나 싶어서 그런다."

"그야 뭐 제가 형님 밑에서 얼마나 고생을 했……. 헉! 그럼 진짜 세자 저하께 그리 말씀하셨단 말입니까?"

"니가 말한 것처럼 대놓고 깎아내리지는 않았다. 좋게좋게, 알아들을 수 있도록 설명했으니 걱정 마라."

"저하께서 납득을 하시던가요?"

"물론이다. 그리고 구씨세가에 중요한 자리를 내주는 정도로 이야기를 마무리했다."

"다행이네요."

안도의 한숨을 내쉬는 담기명의 모습에 담기령이 슬쩍 짓궂은 미소를 짓더니 갑자기 서운한 얼굴로 물었다.

"쯧, 이 형이 그리 못 미더운 사람이더냐?"

"그, 그런 말이 아니잖아요!"

기겁을 하며 손을 내젓는 담기명의 모습에 담기령이 한층 더 섭섭한 표정을 지었다.

"뭐, 그리 생각하고 있다면 그 역시도 다 내 잘못인 게지."

"형님, 농이 너무 과하잖습니까? 제가 설마 그런 생각을 했으려고요. 그, 그나저나 저 사람들은 어찌하기로 한 겁니까?"

담기명이 황급히 화제를 돌린다.

"황실로부터 토벌에 대한 전권을 받으면 신병을 넘기기로 이야기를 끝내 놓았다."

"그렇군요."

담기명이 고개를 주억거리며 혼절해 있는 오규산을 향해 측은한 표정을 지어 보였다. 마차에 오르기 직전까지도 상황을 파악하지 못하고 담기령에게 거래를 제안하던 모습이 떠오른 탓이었다.

그때 담기령이 질문을 던졌다.

"그럼 이제 가장 먼저 해야 할 일이 무엇인 것 같으냐?"

"예?"

갑자기 불쑥 던져진 질문에 담기명이 흠칫하며 눈동자를 좌우로 굴렸다. 형이 가끔 이렇게 불쑥불쑥 던지는 질문 때문에 답을 찾느라 헤맨 경험이 많은 탓이다.

"흐음……."

옅은 신음과 함께 한참을 고민하던 담기명이 자신 없는 목소리로 말했다.

"무림맹을 설득하는 일이요?"

"그것도 중요한 일이기는 하지. 하지만 그 보다 먼저 해야 할 일이 있다."

"음……."

고개를 젓는 담기령의 모습에 담기명은 다시 고민에 잠겼다. 처음 대답이 나올 때보다 훨씬 더 길게 고민을 하던 담기명이 한층 더 쭈뼛거리며 말했다.

"절강무련 소속 방파들을 설득하는 일인…… 가요?"

"왜 그리 생각했느냐?"

담기령의 반문에 담기명이 안도의 한숨을 내쉬었다. 일단 이렇게 이유를 묻는 것은 자신이 말한 답이 맞다는 뜻이기 때문이었다.

"우선 절강무련은 아직 내부적으로 결속이 덜 되어 있습니다. 기존 처주무련 소속이었던 방파들은 이미 충분히 결속이 되어 있습니다만, 이번에 절강무련에 새로이 들어온 방파들은 그렇지가 않습니다. 자신들의 생존을 위해 현실적으로 다른 선택이 없기 때문에 절강무련에 들어왔다고 보아야 하지요."

"그래서?"

"그런 상황에서 과연 위험을 감수하면서 이 일에 동참하려 할까요?"

"어차피 무림맹의 힘을 끌어올 예정이다. 반면, 이번에

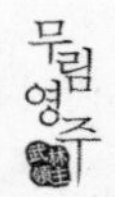

절강무림에 합류한 방파들은 전력에 큰 도움이 되지 않는다. 그런 상황에서 그들을 굳이 동원할 필요가 있겠느냐?"

"그럴 경우 형님의 지휘권에 문제가 생깁니다."

"어째서? 이번 지휘권은 절강무련의 이름으로 얻는 것이 아니지 않느냐?"

"담씨세가의 이름으로 얻은 것이기는 합니다만, 그렇다고 형님이 절강무련의 련주라는 사실이 사라지는 것은 아니지요. 만약 절강무련 전체를 동원하지 않는다면, 남의 힘으로 공을 세우려는 모양새가 됩니다. 정파 무림의 정점에 있는 그들이 그런 생각을 하지 않을 리가 없습니다. 결국 지휘권의 명분이 부족해집니다."

조리있는 담기명의 설명에 담기령이 흡족한 표정으로 고개를 끄덕였다.

"그래 네 말대로다. 그렇다면 절강무련을 이번 토벌에 동참시키려면 어찌해야겠느냐?"

"그, 글쎄요?"

"돌아가거든 이 학사, 유 탁사와 함께 고민을 해 보아라."

"알겠습니다. 그런데 형님."

"응?"

"특별한 이유가 있는 건가요?"

"특별한 이유라니?"

"저한테 계속 이런 문제를 내고 방법을 만들라 하시는 것 말입니다."

담기령은 언젠가부터 담기명에게 이런 식으로 상황에 대한 물음을 던지고 방법을 강구하라고 시켜 왔었다.

문제는 그런 것들이 한 집단의 수장으로서 해야 할 고민들이라는 점이었다.

"흠, 그래 네 생각에는 이유가 무엇인 것 같으냐?"

"제 생각에는, 형님이 저를 훈련시키는 것 같습니다."

"무슨 훈련?"

"한 집단의 수장으로서 어떤 고민을 해야 하고, 어떤 선택을 해야 하는지에 대한 훈련이요."

"정확하다."

"아니, 그러니까 형님이 계신데 제가 왜 그런 걸 훈련해야 하느냐 그 말입니다."

"그럼 넌 그냥 놀고먹을 셈이었느냐?"

농을 던지듯 묻는 말에 담기명이 급히 손사래를 쳤다.

"그럼 이야기가 아니지 않습니까?"

정색을 하는 담기명의 모습에 담기령이 잠시 입을 다물었다가 말을 이었다.

"우리는 칼끝에 사는 사람들이다. 언제 무슨 일이 생겨도

이상하지 않단 말이다. 그러니 나에게 문제가 생겼을 경우, 세가를 이끌 사람이 너 말고 또 있느냐?"

"형님, 무슨 그런 끔찍한 말씀을 하십니까? 형님께 무슨 일이 생기겠습니까? 아무리 위험한 상황이라도, 형님은 창월과 월야만 있으면 능히 빠져나올 수 있지 않습니까?"

담기명이 기겁을 하며 하는 말에 담기령은 조용히 고개를 저었다.

"세상일이란 알 수 없는 것이다. 언제 무슨 일이 생기더라도 무너지지 않도록 준비를 해 놔야지."

"그, 그렇기는 합니다만……."

담기명의 얼굴이 어둡게 변했다.

오 년이나 사라졌다가 다시 돌아온 형을 보았을 때 말로 할 수 없을 정도로 기뻐했던 담기명이었다. 그리고 돌아온 형과 함께 지낸 시간이 그렇게 즐거울 수가 없었다.

그런데 또다시 형님을 보지 못하는 상황이 생길 수도 있다는 말을 들으니 기분이 답답해져 온 것이었다.

담기명의 생각을 읽은 담기령이 피식 웃으며 동생의 어깨를 토닥였다.

"그러니 그럼 상황이 오지 않도록 네가 나를 열심히 돕도록 해라. 알겠느냐?"

"예, 형님."

"그럼, 계속 고민해 보아라. 도착하면 바로 절강무련을 소집할 것이다."

담기령은 말을 마친 후, 등을 기댄 채 조용히 눈을 감았다.

4장
각자의 결정

"하아!"

긴 한숨이 방 안을 가득 메웠다. 그리고 그 한숨의 깊이만큼 침침한 상태의 세 사람이 탁자를 사이에 두고 앉아 있었다.

담기명과 담씨세가의 책사인 이세신, 유춘이었다.

세 사람이 둘러앉은 탁자 위에는 괴발개발 휘갈긴 종이뭉치와 서책들이 너저분하게 널려 있었다.

"정말 좋은 방법이 없는 거요?"

연신 긴 한숨을 내쉬던 담기명이 답답한 목소리로 물었다.

하지만 이세신과 유춘은 퀭한 시선을 던질 뿐 입을 열지 않았다. 잠도 제대로 자지 못하고 논의를 한 것이 벌써 사흘째인 탓이었다.

지금 세 사람을 사흘째 쉬지 못하도록 만드는 문제는, 담기령이 담기명에게 내린 명령이었다. 바로 절강무련 소속 방파들이 역적 토벌에 모두 힘을 보태도록 만드는 방법이었다.

묘한 적막이 마음에 들지 않는다는 듯, 담기명이 미간을 찌푸리며 투덜거렸다.

"그 참, 책사라는 사람들이……."

순간 유춘의 얼굴에 발끈하는 표정이 떠올랐다. 그리고는 슬쩍 시선을 다른 데로 돌리며 혼잣말처럼 구시렁거린다.

"후우, 가주님은 왜 하필 그런 말씀을 하셔서……."

유춘이 불만스러운 듯 구시렁거리지만, 담기명은 그에 대해 뭐라고 말을 할 수가 없었다. 그가 생각하기에도 담기령이 지금의 문제를 어렵게 만들었기 때문이었다.

바로 지난 번 회의 때의 이야기였다. 이제는 역도로 밝혀진 왜구와 그 배후에 대한 문제에, 절강무련 소속 방파들을 강제로 참가시키지 않겠다고 공언했던 것이다.

그런데 지금의 상황은, 그들의 참여가 없으면 일을 추진하기가 어려운 상황인 것이었다.

유춘의 입에서 끊임없이 불만이 쏟아져 나왔다.

"하아, 사고는 가주님이 치시고 뒷수습은 우리가 해야 되

는 상황이라니……."

결국 가만히 듣고 있기가 민망해진 이세신이 유춘을 나무랐다.

"어허, 유 제. 아무리 그래도 가주님께 무례하지 않소."

하지만 그 정도에 기가 죽을 유춘이 아니었다.

"제가 뭐 틀린 말 한 건 아니잖아요."

꽤 긴 시간 함께한 덕에 이제는 호형호제하며 살갑게 지낸 두 사람이다 보니, 유춘은 이런 정도 타박으로 기가 죽지 않는다.

이세신의 얼굴에 한층 더 답답한 표정이 떠올랐다. 아무리 어려운 문제라 해도, 가지고 있는 인력과 재력으로 무언가를 이루어야 하는 일이라면 이렇게 긴 시간 고민할 필요가 없었다.

하지만 이번 일은, 사람을 설득하는 것이었다. 단 한 사람을 설득하는 일이라면 성향과 상황을 이용해 설득할 수 있겠지만, 여러 사람이 한 가지 선택을 하도록 이끄는 일이니 어려운 것이 당연했다.

"후우!"

대화가 끊어진 방 안에는 세 사람의 한숨 소리만이 쉼 없이 흐를 뿐이었다.

멍한 표정으로 한참을 천장만 쳐다보는 시간이 꽤 길게

이어진 후, 갑자기 유춘이 두 사람의 눈치를 살핀 후 슬그머니 입을 열었다.

"실은 생각난 게 하나 있기는 합니다만……."

말이 떨어지기가 무섭게 담기명과 이세신이 상체를 불쑥 앞으로 내밀며 외쳤다.

"그게 뭐요?"

"어서 말해 보게!"

"헉!"

두 사람의 격렬한 반응에 유춘이 저도 모르게 기겁을 하며 의자에서 벌떡 일어섰다. 그리고는 자신의 그런 모습이 쑥스러웠는지 헛기침을 하며 조심스레 말했다.

"험험, 그게 그런데 좀 치사한 것 같아서 말이죠. 자칫하면 가주님의 명망에 흠이 생길지도……."

유춘이 주저하는 표정으로 말했지만, 담기명과 이세신에게는 큰 문제가 되지 않는 듯 바로 대답이 돌아왔다.

"지금 그게 대순가?"

"방법이 있는 게 어디오, 어서 말해 보시오!"

하지만 유춘은 여전히 입을 떼기가 힘든 듯 쉬이 말을 하지 못했다.

"어허, 이 사람이!"

"유 탁사, 사람 답답해서 졸도하는 꼴이라도 보고 싶은

게요?"

담기명과 이세신이 몇 번이나 재촉을 한 후에야 유춘은 힘겹게 입을 열었다.

"무슨 일인지 아십니까?"

"나도 모르오. 모이라는 연락을 받아서 하던 일도 다 맡겨 놓고 모인 참이오."

"나도 마찬가지외다. 어서 절왜관 공사를 마무리해야 하는데 갑자기 무슨 일인지 원……."

원래는 담씨세가의 처주부도 분가였으나, 현재는 절강무련의 임시 총타로 사용 중인 평원장의 취의청 안에 웅성거림이 퍼지고 있었다.

련주인 담기령의 갑작스러운 소집으로 모두 급히 처주부로 모인 탓이었다. 하지만 누구 하나 얼굴을 찌푸리는 이가 없었다. 오히려 하나같이 밝은 얼굴로 두런두런 이야기를 나눈다.

절강무련에 동참한 후, 오랜 기간 사라지지 않던 우환이 일소된 덕분이었다.

바다에서 절강으로 들어서는 물길에는 모두 절왜관이 자리를 잡고, 해안 또한 절강무련의 무인들이 항상 순시를 도는 덕에 왜구들의 약탈이 현저히 줄어들었다. 가끔 순시를 뚫고 뭍에 오르는 왜구들이 있지만, 예전처럼 대규모가 아닌 탓에 그리 힘들이지 않고 막을 수가 있었다.

그러니 모두의 얼굴에 편안한 웃음이 떠올라 있는 것은 당연한 일이었다.

그렇게 한참 동안 화기애애한 분위기 속에서 한담이 이어지던 중, 누군가 큰 소리로 말했다.

"다들 서로 안부는 물으신 듯하니, 이제 제가 이야기를 좀 해도 되겠습니까?"

취의청 안이 꽤 소란스러웠음에도 그 사이로 또렷하게 울려 퍼지는 소리에 모두의 시선이 한 곳으로 쏠렸다.

"음? 담 련주?"

"어, 언제부터 거기 계셨소?"

"허허, 오셨으면 진작 말씀을 하시지 않고 가만히 계셨습니까?"

갑자기 끼어든 목소리의 주인은 다름 아닌 담기령이었다.

"다들 기분이 좋은 듯하여 잠시 기다렸습니다. 그럼 이제 제 이야기를 좀 할까 하는데, 괜찮으시겠습니까?"

농담처럼 건네는 말에 다들 고개를 끄덕였다.

담기령은 옅은 미소를 지은 후 자리를 찾아 앉았다. 그리고 자신에게 모인 시선들을 일일이 확인한 후, 천천히 입을 열었다.

“다들 하시는 말씀을 들어 보니, 우리의 모임을 긍정적으로 평하시는 듯하더군요. 제가 괜한 짓을 벌인 건 아닌가 하여 걱정스러웠는데, 덕분에 마음이 한결 홀가분합니다.”

“하하, 무슨 그런 말씀을 하십니까? 저희야 말로 감사를 드려야지요. 련주의 결단이 없었으면 우리가 이렇게 웃으면서 이야기를 할 수 있었겠습니까?”

재강문 문주 홍강이 가장 먼저 큰 소리로 외쳤다. 홍강은 절강무련 결성에 가장 적극적이었던 사람인데다, 속에 있는 말을 하는 데 스스럼이 없는 성격이다 보니 어느 자리에서건 남들은 꺼내기 힘들어 하는 말도 주저 없이 말을 한다.

그리고 그러한 성격은, 본인이 의도하지 않았음에도 사람들을 선동하는 경우가 많다. 홍강의 말에 여기저기서 한 마디씩 거들기 시작했다.

“그렇소이다. 요즘 처럼 숙면을 한 때가 언제였는지 모르겠소이다.”

“평생 묵었던 체증이 내려간 기분이오, 허허허!”

“나는 다른 건 차치하더라도 방도들의 얼굴에 그늘이 걷혀서 그렇게 좋을 수가 없습니다.”

그렇게 다들 한 마디씩 좋은 말을 건넨 후, 호단방 방주 양방청이 마지막으로 툭 내뱉었다.

“묘하게 우리도 좀 편해졌소이다. 절강무련에 들면 큰 이득이 없을 줄 알았는데 또 그게 아니더구려."

그가 방주로 있는 호단방은 왜구와 마찰이 전혀 없던 곳이다 보니, 절강무련의 행사에 직접적으로 득을 볼 일이 없으리라 생각했었다. 하지만 생각보다 그로 인한 득이 꽤 있었다.

절강성 백성들의 삶이 팍팍했던 이유는 잦은 왜구들의 약탈이 주된 원인이었다. 그런데 그 문제가 사라지니 성의 민심이 안정되고, 그로 인해 자금이 돌고 물자의 유통이 활발해 졌다. 그러한 변화는 절강성 전체에 퍼지고, 결국 호단방 역시 그로 인한 득을 보게 된 것이었다.

물론 양방청과 다른 방파들의 사이에는 여전히 껄끄러운 부분이 있었지만, 그것은 결국 시간이 해결해 줄 일이었다.

그리고 묘한 정적이 흘렀다.

모두들 담기령에게 눈길을 모으고 있는데, 담기령은 번갈아 가며 시선을 맞출 뿐이었다. 몇 번 입술을 달싹이기는 했지만, 쉬이 말을 하지 못했다.

그런 담기령의 모습에, 취의청에 모인 각 방파의 수장들의 얼굴에 다양한 표정이 떠올랐다.

이번에 새롭게 절강무련에 합류한 이들은 도대체 무슨 이야기를 하려고 저리 뜸을 들이나 하는 기대감이 떠올랐다. 그에 반해 처주무련 때부터 함께 했던 이석약, 진충회, 석대운의 얼굴에는 불길한 표정이 떠올랐다. 매사에 거침없는 담기령이 저리 주저할 정도라면 도대체 얼마나 힘든 이야기이기에 저러나 싶은 것이다.

그렇게 한참 동안 정적이 흐른 후, 담기령이 입술을 뗐다.

"저는 오늘 여러분께 힘든 이야기를 하나 하려고 합니다."

기대하는 표정을 짓던 이들의 얼굴이 순식간에 불안감으로 덮이고, 불안한 표정을 짓던 이들은 역시나 하는 표정으로 한층 긴장한 얼굴이 된다.

그리고 다시 짧은 침묵이 맴돌았다. 담기령이 운을 뗐음에도 그 뒤의 말을 바로 잇지 못한 탓이었다.

"일전에 유황과 관련하여 왜구들에 대한 이야기를 했을 터입니다."

모두의 얼굴에 긴장감이 떠오른다. 절강무련에 들어와 얻은 긍정적인 효과에 취해, 모두가 의도적으로 머릿속에서 지우고 있던 기억이 떠오른 탓이었다.

세 번째로 무거운 정적이 취의청을 내리 눌렀다. 하지만 더 이상 정적이 길게 이어지지는 않았다. 이미 운을 뗀 담기령이 더 이상 망설이지 않고 이야기를 이어 갔기 때문이다.

"본론을 말씀드리기 전에 오늘 이곳에서 들은 이야기는 절대적으로 함구해야 합니다. 만일 외부로 새어 나간다면,

절강무련 전체가 위험에 처할 수도 있음을 꼭 새겨 주십시오."

한층 더 무거운 이야기에 여기저기서 마른침을 삼키는 소리가 작게 울린다.

"저는 이번에 외부로 나갔다가 우연히 놈들과 관련된 핵심적인 정보를 얻었습니다. 그로 인해 알게 된 놈들의 실체는, 우리의 예상을 훨씬 상회하는 심각한 것이었습니다."

경직된 분위기를 풀어 주기는 커녕 한층 더 긴장하게 만드는 말에 다들 입술이 바짝 타들어 갔다. 도대체 얼마나 심각하기에 저리 분위기를 잡는 건지 불안하기만 하다.

그런 모두의 속마음을 아는지 모르는지 담기령은 짧게 호흡을 고른 후에 다시 입을 열었다.

"놈들은 현 황제 폐하의 치세를 부정하고, 중원의 주인자리를 노리는 역적의 무리였습니다."

"쿨럭, 쿨럭!"

"여, 역적이라니!"

"왜구들이 뭉친 게 아니었단 말이오?"

여기저기서 기겁한 목소리로 한마디씩 던졌다. 하는 말은 다르지만, 어마어마한 충격을 받은 표정만큼은 모두 비슷했다. 그만큼 심각한 이야기니 당연한 반응.

담기령은 그러거나 말거나 놈들에 대한 이야기를 담담한

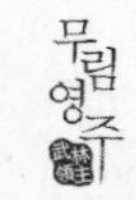

목소리로 이어 갔다. 과거 사라졌던 오왕부의 후신이라는 것부터, 유황을 통한 자금 조달과 중원 곳곳에 자리한 그들의 거점까지 하나도 남김없이 이야기를 했다.

"허어!"

담기령의 이야기가 끝나자 여기저기서 답답한 신음이 새어 나왔다. 지방의 소규모 무림세력일 뿐인 자신들이 절대 감당할 수 없는 이야기를 들었으니 당연했다.

지금 말하는 분위기를 보아하니, 자신들이 그 일에서 절대 자유로울 수 없을 것 같다는 것 또한 속이 답답해지는 이유 중 하나였다.

담기령은 말을 멈춘 채 천천히 사람들의 반응을 살폈다. 충격적인 이야기를 들었으니 머릿속을 정리할 시간을 줄 필요도 있었고, 자신 역시 뒤이어 할 이야기를 위해 숨을 고를 시간이 필요했다.

모두들 뭐라 말을 하지 못한 채 서로 시선을 맞춘다.

기존 처주무련에 속해 있던 세 방파는 드디어 올 것이 왔다는 표정으로 무겁게 고개를 끄덕였다. 그들을 쫓을 때부터 뭔가 큰일이 있으리라 생각을 해 왔고, 그렇기에 삼 년의 시간 동안 뼈를 깎는 고통을 감내하며 준비를 해 왔다. 하지만 앞으로 있을 거대한 전쟁을 생각하면, 아무리 단단히 준비를 했다 해도 마음이 편할 수는 없었다.

반면, 새롭게 절강무련에 합류한 이들은 이후에 어떻게 행동해야 할지 눈으로 묻고 눈으로 답한다.

하지만 그 누구도 답을 낼 수가 없었다. 그들에게는 말 그대로 청천벽력과 같은 상황이었다. 절강무련에 합류하면서 이제 겨우 발 뻗고 잘 수 있겠다 싶었는데, 그보다 더 무서운 일이 닥친 셈이었다.

말 그대로 늑대를 피하려다 호랑이 굴에 들어선 셈. 그렇다고 이제 와서 자신들을 빼 달라고 할 수도 없는 일이니 답답할 수밖에.

그렇게 꽤 긴 시간이 흐른 후, 담기령이 다시 입을 열었다.

"우선 죄송하다는 말씀을 먼저 드리겠습니다. 처음 절강무련을 결성할 때만 해도 시간이 있으리라 예상을 했고, 그 시간 동안 여러분이 준비를 할 수 있게 지원을 할 수 있으리라 생각했었습니다. 하지만 제 예상과 다르게 너무 일찍 전말이 드러났습니다."

홍강이 조심스러운 목소리로 물었다.

"전말을 알고 있다 해서 지금 당장 움직여야 하는 것은 아니지 않습니까? 시간을 두고 우리도 차근차근 준비를 하는 것도 좋을 것 같습니다만?"

"저도 그 생각을 해 보지 않은 것은 아닙니다. 하지만 놈들의 움직임을 보니, 조만간 들고 일어날 기세입니다. 그리고 그때가 되면 늦습니다."

"하지만 우리가 무슨 도움이 되겠습니까?"

홍강이 자신 없는 목소리로 말했다. 오랜 세월 왜구들을 상대하며 쌓아 온 많은 경험이 있기는 했지만, 지금 이 일은 규모부터가 한 개 성을 넘어서는 일이었다. 절대 자신들이 감당할 수 없는 일인 것이다.

"실은 여러분을 모으기 전에 남경에서 태자 전하를 알현하고 왔습니다."

"태자 전하를요?"

"예, 그리고 역적 토벌에 무림맹을 동원할 수 있도록 윤허를 받았습니다."

그제야 모두의 얼굴이 한결 편안해졌다.

무림맹이 동원된다는 것은, 정파무림의 중추인 구파와 세가들이 참여한다는 뜻이었다. 중원 무림의 가장 강력한 세력인 그들이 움직이면, 자신들은 굳이 움직일 필요가 없는 것이다.

그때 양방청이 불쑥 말을 꺼냈다.

"무림맹이 참여하게 되면 우리는 그리 큰 도움이 되지 않을 터인데, 굳이 이렇게 이야기를 하는 것은 무슨 이유요? 분위기를 보아하니 우리가 꼭 참여를 해야 할 것 같소만?"

담기령이 주저 없이 고개를 끄덕였다.

"맞습니다. 저는 여러분이 꼭 힘을 보태 주시기를 원합니다."

"그 또한 뭔가 이유가 있을 것 같으니, 자세히 말씀해 보시오."

"그러지요. 실은 태자 전하와 이야기를 하면서 제가 얻어낸 것이 있습니다. 토벌에 대한 전권을 위임받았지요."

"그 말씀은?"

"무림맹 또한 제가 성공한다면, 논공행상에서 가장 첫 번째에 이름을 올리게 된다는 뜻입니다."

담기령의 대답에 양방청이 싸늘한 시선으로 담기령을 노려보며 날선 목소리로 말했다.

"내가 사람을 잘못 봤군."

"잘못 보다니요?"

"절강무련이 단순히 왜구를 막겠다는 이유만으로 모인 것도 아니고, 련주가 원하는 것을 이루기 위해서라는 것 역시 일전에 말씀을 하셨소. 그리고 절강무련은 련주가 원하는 바를 이루기 위해 벌인 일이오. 물론, 그만큼 절강무련에서 모두에게 주는 도움이 크기에 그 정도면 괜찮은 거래라 생각했소. 하지만 이건 상황이 다르지 않소. 공을 세우기 위해 절강무련을 희생시키겠다는 말이 아닌가 말이오! 또한, 태자 전하와 이야기를 하기 전에 우리와 먼저 논의를 했어야 하는 것이 올바른 수순이 아니오?!"

화를 참기 힘들었는지 양방청의 언성이 높아진다. 하지만 담기령은 담담한 목소리로 대답했다.

"말씀하신 대로 여러분과 먼저 논의를 했어야 하는 일이긴 합니다만, 중대한 정보는 시간 또한 다투는 일이기에 그리되었습니다. 그에 대해서는 사과 말씀을 드리지요."

"허, 꼭 다른 건 인정을 못하겠다는 말로 들리는구려."

"그렇습니다. 제가 공을 세울 욕심을 갖고 있기는 합니다만, 그것을 위해 여러분을 희생시킬 생각은 없습니다."

"보아하니 변명을 준비해 오신 모양인데, 어디 한 번 말씀해 보시오."

양방청이 팔짱을 끼며 냉랭한 목소리로 이죽거리고, 그에 따라 다른 이들 역시 섭섭한 감정과 약간의 적대적임 감정이 섞인 표정으로 담기령에게 시선을 모았다. 담기령의 성격을 잘 알고 있는 이석약과 진충회, 석대운만이 난감한 얼굴로 걱정스러운 듯 상황을 살필 뿐이었다.

담기령이 짧게 숨을 고른 후 입을 열었다.

"일단 여러분께서 힘을 보태 주지 않으신다면, 제 입지가 좁아지고 결국에는 가지고 있던 권한을 내주어야 하는 상황이 되는 것은 맞습니다. 그러니 제 개인적으로는 여러분이 모두 참여해 주셨으면 하고 생각합니다. 하지만 절대 강요할 생각은 없습니다. 원치 않으시면 이 일에서 빠져도 좋습니다."

"물론 말을 그리하시겠지. 하지만 참여하지 않으면 받게 될 불이익 또한 있을 것이 아니오."

"없습니다."

"없다고?"

"짧은 시간이기는 합니다만, 지금까지 해 왔던 일들은 그대로 추진할 생각입니다. 절왜관 건설과 해안 순시, 물자의 유통까지 조금도 변하는 것은 없습니다. 또한, 절강무련에서 여러분의 지위 또한 절대 변하지 않을 것입니다. 원하신다면 문서를 만들어 증명을 해드리지요."

담기령의 말에 모두의 얼굴에 안도감이 스쳤다. 지금 그들에게 현실적으로 가장 필요한 일이었다. 그리고 만에 하나라도 중단 된다면, 심각한 후유증을 맞이 하게 될 일이었다.

하지만 양방청은 여전히 날카로운 눈빛으로 담기령을 노려보며 물었다.

"그렇다고 참석하지 않을 경우의 불이익이 없지는 않을 거라 생각하오만?"

"양 방주께서는 이상한 말씀을 하시는군요?"

"이상한 말이라니?"

"더 많은 피를 흘리고 노력한 이들이 더 많이 가져가는 것은 당연한 이치가 아니겠습니까?"

"그렇소."

"방금 말씀드린 대로 참여하지 않을 경우의 불이익은 절대 없습니다. 하지만 참여하신 방파가 더 많은 이익을 가져가는 것은 당연한 일이지요. 말씀드렸다시피 토벌이 성공할 경우, 저는 논공행상의 가장 첫 번째에 이름을 올리게 됩니다. 그로 인해 받게 되는 많은 것들은, 참여를 하신 분들께만 나누어 드릴 생각입니다. 물론, 도움을 주시는 분이 많을수록 제 입지는 확고하게 되고, 더 많은 것을 얻을 수 있게 됩니다. 다행히도 처주무련 때부터 함께해 온 세 분은 반드시 함께 해 주실 테니 제 입지가 심각하게 흔들리지는 않으리라 생각합니다만."

그 말과 함께 담기령의 시선이 이석약과 진충회, 석대운에게로 향했다. 눈길을 받은 세 사람이 묵직하게 고개를 끄덕였다. 이미 삼 년 전 내실을 다지면서 해 왔던 이야기니 당연한 일이었다.

잠시 담기령의 말을 곱씹은 양방청이 말했다.

"즉, 참여하지 않는다고 해도 불이익은 없지만 참여할 경우 많은 것을 얻게 된다 그 말이오?"

"그렇습니다."

"흠……."

양방청이 할 말이 궁해진 표정으로 꾹 다문 입술을 일그러트렸다. 딱히 틀린 말은 아니었다. 도의적으로도 비난을 할 만한 이야기도 아니다. 하지만 여전히 뒷맛이 개운치가 않았다.

잠시 홀로 생각을 하던 양방청이 다시 입을 열었다.

"련주께서 생각보다 치사하시군."

"그리 생각하십니까?"

"참여하지 않아도 불이익은 없다. 하지만 참여할 경우 커다란 이득을 얻게 된다. 그런데 참여하는 방파가 많을수록 얻는 것 또한 커진다. 그런 말이 아니오?"

"그런 말이 맞습니다."

"결국 강요는 않겠지만 참석하는 게 좋을 거라도 돌려 말하며 반쯤은 협박하고 있는 게 아니오?"

"협박이라니요? 당치도 않습니다."

담기령이 피식 웃으며 고개를 저었다. 그리고 확인을 시켜 주듯 모두와 한 번씩 시선을 맞춘 후 입을 열었다.

"거듭 말씀드리지만, 참여하지 않으셔도 절대 불이익이 없을 것이라고 약속하겠습니다. 그러니 각자의 판단으로 참가 여부를 결정해 주십시오."

이석약, 진충회, 석대운, 그리고 양방청을 제외한 모든

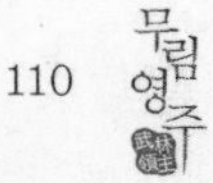

이들의 얼굴에 곤혹스러운 표정이 떠올랐다. 그때 이석약이 불쑥 말했다.

"명도문과 진가장, 상운방은 전력으로 힘을 보태겠습니다."

그 말에 담기령이 이석약을 향해 묘한 미소를 지으며 고개를 끄덕였다. 하지만 다른 이들은 뭐라고 먼저 말을 못하고 곤혹스러운 표정으로 고민에 잠겨 있었다. 그 모습을 확인한 담기령이 몸을 일으키며 말했다.

"급하게 결정하지 마시고, 충분히 생각을 하신 후에 결정해 주십시오. 일단 잠시 쉬도록 하겠습니다. 일의 사안이 중대한 만큼 장원의 일꾼들을 밖으로 내보냈습니다. 다들 바람도 쐬시고 편안하게 논의도 하시면서 결정을 해 주십시오. 다음 이야기는 오찬을 가진 후에 하도록 하겠습니다."

담기령의 말이 끝나기가 무섭게 취의청에 모인 이들이 몸을 일으켜 삼삼오오 무리를 이뤄 밖으로 향했다.

그렇게 모두 빠져나가니, 취의청 안에는 담기령과 이석약, 진충회, 석대운 네 사람만이 남게 되었다.

주변의 이목을 잠시 살핀 이석약이 담기령을 향해 피식 웃으며 말했다.

"련주께서 꽤 상황이 난감했던 모양이군요. 련주답지 않게 이리 치사한 수를 쓰는 걸 보니. 뭐, 저는 개인적으로 재미는 있네요."

"저의 곤란함이 재미있다니요. 그거 좀 섭섭한 말씀이군요."

"후후, 그래서 도움을 드렸잖아요?"

방금 전, 처주무련 소속이었던 세 방파가 전력으로 돕겠다고 말을 했던 것을 두고 하는 말이었다.

사실 담기령이 꽤 치사한 수를 두기는 했다.

방금 전 담기령이 했던 말을 따지고 보면 강제로 참여하라는 말보다 더 무서운 말인 탓이었다. 약속한 대로 불이익은 없겠지만, 참여하지 않으면 심각하게 눈치가 보일 것 같은 분위기를 만든 탓이었다. 즉, 직접적으로 강요하는 것이 아니라 분위기로 강요를 하고 있는 것이었다.

이석약은 그런 담기령의 의도를 파악하고, 자신들은 꼭 힘을 보태겠다고 말해 그 분위기를 더 고조시킨 것이었다.

"도와주신 건 감사합니다."

"그나저나 담씨세가의 두 책사도 별다른 뾰족한 수를 못 찾았다니 그것도 재미가 있네요."

이세신과 유춘 두 사람이 가감 없이 생각을 쏟아 내며 만들어 내는 많은 계획들이 아주 대단했다는 것은 그동안 이석약이 직접 확인한 바였다. 그런 두 사람이 뾰족한 수를 찾지 못하고 이런 궁색한 방법을 내놓은 것 같았으니 이석약으로서는 그 역시 꽤 흥미로운 일이었다.

"상황이 상황이라서 말이지요."

"일이 이 정도로 빠르게 전개될 건 아무도 예상하지 못했으니 어쩔 수 없지요."

이석약이 고개를 끄덕이면서도 여전히 입가에는 고소를 머금고 있었다. 그런 이석약의 모습에 담기령이 피식 웃으며 몸을 일으켰다.

"그럼 저희는 객청으로 가서 이야기나 나누도록 하지요."

"알겠소. 그렇잖아도 너무 어마어마한 이야기를 들어서 목이 바싹바싹 타던 차요."

진충회가 반색을 하며 몸을 일으키고, 그런 진충회의 모습이 재미있다는 듯 석대운이 웃음을 참으며 자리에서 일어섰다.

"양 방주는 어쩔 생각이오?"

조심스러운 목소리로 자신을 향해 묻는 말에 양방청의 눈꼬리가 떨렸다. 그리고는 뭔가 복잡한 감정이 담긴 목소리로 대답했다.

"하, 우리가 도란도란 의견을 나눌 정도로 가까운 사이는 아니지 않소?"

냉랭한 듯하면서도 한편으로는 뭔가 즐거운 듯한 목소리.

양방청에게 말을 건 사람은 평소 양방청을 향해 짙은 적대감을 갖고 있던 재강문 문주 홍강이었던 것이다.

양방청의 묘한 반응에 홍강은 미간을 찌푸리면서도 자리를 떠나지 않는다. 그는 양방청이 싫었다. 지금 이렇게 말을 걸고, 의견을 묻는다고 해서 과거의 앙금이 풀린 것도 아니고, 그럴 계획 또한 없었다.

하지만 지금은 한 번의 선택으로, 자신이 주인이 있는 재강문의 미래가 결정되는 순간이었다. 토벌전에 참가하지 않는다면, 이대로 안전하게 문파를 유지하며 안온한 일상을 꾸릴 수 있을 터였다. 하지만 참가를 하게 된다면 많은 손실은 있겠지만 그 보다 더 큰 많은 것을 얻을 수 있을 것이 분명했다. 게다가 담기령과 과거 처주무련 소속이었던 세 방파가 만든 묘한 압박감이 섞인 그 분위기가 참가를 종용하고 있었다.

홍강이 보기에 현재의 상황에서 가장 내정한 판단을 내릴 사람은 지금 눈앞에 있는 양방청이었다. 문파를 이끌고 있는 입장에서 미래를 생각하지 않을 수 없기에 개인적인 감정을 접어두고 물을 수밖에 없었던 것이다.

두 사람 사이에 긴장된 침묵이 흐른 후, 양방청이 다시 입을 열었다.

"홍 문주는 더 잴 것도 없이 참가를 할 줄 알았는데 그렇

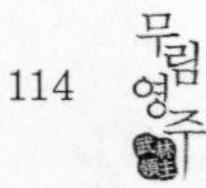

지는 않은 모양이오?"

비아냥거리는 듯한 양방청의 말에 홍강이 발끈한 표정으로 소리를 질렀다.

"지금 그런 식으로 비아냥거릴 때가 아니지 않소!"

홍강은 절강무련의 결성에 적극적이었던 것은 물론, 담기령에게 꽤나 좋은 감정을 내비쳤었다. 보기에 따라서는 아부를 하는 것으로 보일 수도 있는 언행을 보여 온 탓에 양방청의 말에 비아냥거림이 섞였던 것이다.

발끈하는 홍강의 모습에 양방청도 그제야 조금은 정색을 하며 입을 열었다.

"나도 아직은 결정을 내리지 못했소. 그러니 홍 문주의 생각을 한 번 듣고 싶구려."

"험험!"

홍강은 상했던 기분이 아직 풀리지 않은 듯 헛기침을 하며 고개를 홱 돌려 버렸다. 하지만 그것도 잠시, 슬쩍 표정을 풀며 입을 열었다.

"사실은 담 련주를 믿고 싶은 마음이 강하오."

"어떤 의미의 신뢰를 말하는 것이오?"

"그를 믿고 토벌전에 참여를 한다 해도 감당할 수 없는 무리한 상황에 밀어 넣을 것 같지 않다는 말이오."

"련주를 꽤 믿는 모양이오?"

양방청의 말투에 다시 이죽거림이 섞이는 듯하자, 홍강이 대번에 표정을 굳혔다.

"지금까지 그가 보여 온 모습을 통해 내린 결론이오!"

"뭐, 나도 그런 평가를 굳이 부정할 생각은 없소. 그런데 참 음흉한 사람이 아니오?"

"음흉하다니?"

"그를 좋게 생각하는 홍 문주만이 아니라 냉정하게 보려고 노력하는 나 역시도, 담 련주가 자신의 욕심을 위해 우리를 희생시키지 않을 거라 생각하고 있소. 즉, 홍 문주 말대로 이 위험한 토벌전에 참가하더라도 우리에게 무리한 일을 시키지 않을 거라는 뜻이오."

양방청의 말에 홍강이 약간의 확신을 담은 표정으로 말했다.

"아마 그러리라 생각하오."

"그런데 절대 그런 말은 하지 않고 결정을 하라고 말하고 있지 않소. 즉, 우리를 떠보고 있단 말이오."

"그렇기는 하오. 하지만 충분히 이해할 수 있는 수준이 아니오? 믿고 함께할 수 있는 사람을 솎아 내겠다는 의도이고, 그 정도는 크게 도의에 어긋나지 않는다고 생각하오."

"나 역시 같은 생각이오. 게다가 직접적으로 말하지는 않았지만, 분위기로 참가를 강요하고 있소이다. 최대한 기회를 주겠다는 의미로 해석할 수도 있소. 흠, 이렇게 생각을 하고 보니 이거 더욱 음흉한 사람이구먼."

"흐음, 그렇다는 건 결국……."

홍강이 말꼬리를 흐리며 슬쩍 양방청에게 시선을 던졌다. 그리고 양방청이 고개를 끄덕이며 말했다.

"결론은 난 것 같구려."

"그런 것 같소. 의견을 들려주어 감사하오."

"크큭, 뭐 감사할 거까지야 있겠소? 나도 덕분에 생각이 정리가 되었소이다. 그럼 나는 이만 밥이나 먹으러 가야겠소."

말을 마친 양방청이 휘적휘적 걸음을 옮겼다. 그런 양방청의 뒷모습을 잠시 바라보던 홍강도 천천히 발길을 움직였다.

5장

외해오적토벌군

짙은 정적이 흐르는 오찬을 가진 후, 절강무련의 수뇌부는 다시 취의청으로 모였다.

분위기는 당연하다는 듯 심각하게 가라앉아 있었다. 다들 소화가 안 되는 표정으로 앉아 입을 꾹 다문 채 담기령을 향해 시선을 모았다.

그리고 담기령이 입을 열었다.

"어려운 결정을 하게 만든 점에 대해 거듭 사과 말씀을 올립니다. 하지만 사안이 사안인 만큼 결정을 하지 않고 넘어갈 수는 없는 일입니다. 그럼 다들 결정한 것을 말씀해 주십시오."

담기령의 말에 이석약과 진충회, 석대운이 자리에서 일어나 한 걸음 뒤로 물러섰다. 이미 전력으로 돕겠다고 선언을 했기에 굳이 다시 이야기를 할 필요가 없기 때문이었다. 거기에 더해, 그들 세 사람이 선 채로 취의청을 살피는 모습은 아직 결정을 하지 못한 이들에게 은근한 압박감을 주는 효과도 있었다. 물론, 이는 담기령이 이미 그들 세 사람과 이야기를 나눈 사안이었다.

하지만 남아 있는 이들은 누구 하나 쉬이 입을 열지 못했다. 서로 눈치만 살필 뿐 먼저 반응을 보이는 이가 없다.

'먼저 나서 주는 이가 나와야 될 텐데.'

담기령이 걱정스러운 표정으로 사람들의 반응을 살폈다. 보통 이런 일은 누군가 한 사람이 먼저 나서 주어야 했다. 마음을 먹었다 해도 '가장 먼저'라는 눈길을 모으는 부담스러운 위치를 갖고 싶어 하지 않기 때문이었다.

그러던 중 유독 담기령의 눈길을 끄는 두 사람이 있었다. 바로 홍강과 양방청이었다. 일방적이긴 하지만 원한에 버금갈 정도의 앙금을 갖고 있는 두 사람이 서로 쉴 새 없이 눈길을 주고받고 있었다. 물론 다른 이들의 눈치를 살피고 있는 대부분은 인지하지 못하고 있었지만, 전체적인 반응을 살피는 담기령에게는 아주 눈에 띄는 모습이었다.

그리고 실제로도 두 사람은 말을 하지는 않지만 말을 하

는 것과 다를 바 없는 의사소통을 하고 있었다.

'안 일어나시오?'

'그러는 양 방주야말로 왜 가만히 계시는 거요?'

'내가 먼저 일어나면 다들 더 부담스러워하지 않겠소? 그러는 홍 문주야말로 왜 안 일어나시오?'

'그냥 시선 끄는 게 부담스러워서 말이오.'

물론 정확하게 생각이 전해지는 것은 아니다. 하지만 상황이 상황이니 만큼 눈짓만으로도 대충 무슨 생각이 짐작이 가능했다.

그렇게 침묵 속에서 서로의 눈치만 살피기를 무려 일각. 홍강과 양방청이 서로 눈짓을 교환한 것 또한 그만큼의 시간이 흘렀다.

"후우, 미력이나마 힘을 보태도록 하지요."

마침내 첫 번째로 나서는 이가 나왔다. 한참 동안 양방청과 시선을 교환하던 홍강이었다.

홍강이 자리에서 일어서기가 무섭게 양방청이 뒤이어 몸을 일으켰다.

"호단방도 한 자리 주시오. 나중에 큰 걸 준다니 얼마나 큰 걸 줄지 한 번 기대해 보겠소이다."

그렇게 두 사람이 일어서기가 무섭게 또 한 사람이 자리에서 일어났다.

"수련계 역시 힘을 보태겠소. 이미 한 배를 탔으니 끝까지 함께 가야 하지 않겠소?"

수련계의 장계인 추대홍이었다. 그렇게 세 명이 함께할 뜻을 밝히자 곧이어 세 사람이 몸을 일으켰다.

"나중에 우리를 잊지 마십시오."

"까짓 거, 한 자리 주십시오."

"얼마나 도움이 될지는 모르겠소만, 어쨌든 도울 건 도와야지."

염운회주 구무창, 장씨세가 가주 장지황, 비현방주 권인설이었다.

하지만 아직 자리에 앉아 있는 이들도 있었다.

장산방주 천문형, 공공계 장계 황진섭, 고천방주 왕산, 고씨세가 가주 고진용이었다. 그들은 동참할 뜻을 내보이고 일어나 있는 이들의 시선을 받으면서도 애써 태연한 표정으로 자리를 지켰다.

그중 장산방주 천문형이 말했다.

"장산방은 따로 도움을 드릴 수 있는 여력 자체가 없소이다. 도리가 아닌 줄은 알지만 이번 일을 돕기는 힘들 것 같소이다."

힘겨운 표정으로 말을 마친 천문형을 향해 담기령이 흔쾌히 고개를 끄덕였다.

"알겠습니다. 그리고 너무 걱정하지 마십시오. 제가 이미 말씀드렸던 것은 반드시 지킬 것입니다."

담기령의 흔쾌한 반응에 남은 세 사람도 조금은 용기를 얻은 듯, 한 마디씩 했다.

"도저히 힘들 것 같습니다."

"나에게는 그 정도로 대단한 웅지도 없고, 그럴 여력도 없소이다. 하지만 나중에라도 우리가 도울 수 있는 일이라면 발 벗고 나서겠소."

"염치없지만 이 일에는 한발 물러서고 싶습니다."

담기령은 여전히 표정 하나 찌푸리지 않고 고개를 끄덕였다.

"너무 신경 쓰지 마십시오. 각자의 사정이라는 게 있지 않겠습니다. 그리고 일어서신 분들께는 깊은 감사의 말씀을 올립니다."

담기령이 일어나 있는 이들에게 큰 손짓으로 포권을 하며 인사를 건넸다.

"이제 다시 자리에 앉아 주십시오."

자리를 권하는 담기령의 얼굴에는 꽤 흡족한 표정이 떠올라 있었다.

절강무련은, 절강성 전체에 자리한 중소규모의 열네 개 무림세력들이 모인 집단이었다. 그중 열 군데가 토벌전에 힘을 보태겠다고 나선 것이었다. 이 정도면 토벌전의 주체가 되어 전권을 휘두르는 데 입지가 흔들릴 일은 없으리라.

사람들이 다시 자리를 잡자 담기령이 밝은 얼굴로 이야기를 이었다.

"큰 결심을 해 주셔서 감사합니다. 하지만 한 가지만 명심해 주십시오. 이번 토벌전에 참가하지 않는다고 해도, 그 분들은 절강무련의 구성원입니다. 이후, 이 일로 인해 알력이 생기거나 감정의 골이 생기지 않았으면 하는 것이 본 련주의 바람입니다. 절강무련이라는 이름으로 모였으니, 그에 맞는 화합된 모습을 보여 주시리라 믿겠습니다."

여러 개 집단이 하나의 집단으로 모였을 때 가장 경계해야 할 것이 바로 분열이었다. 상황이 어쩔 수 없어 뜻에 따라 두 부류가 되기는 했지만, 그로 인해 파벌이 형성되는 것은 절대적으로 경계해야 할 일.

물론 화합을 우선하겠다면, 참가하지 않는다 해도 얻을 수 있는 것을 만들어 주어야 하겠으나 그것은 한편으로는 참가하는 이들이 억울하게 느낄 수도 있는 일이었다. 현재로서는 이 정도로 마무리하는 것이 최선.

잠시 호흡을 고른 담기령이 말을 이었다.

"오늘 들었던 이야기는 절대 외부로 새어 나가서는 안 되는 일이라는 것을 명심해 주십시오. 혹여나 말이 새어 나갈 경우 우리 모두의 목숨이 위태로울 수 있습니다."

"알겠습니다."

담기령의 당부에 모두들 이구동성으로 대답했다.

"그럼 차후에 다시 소식을 전할 터이니, 오늘은 이쯤에서 이야기를 마치도록 하지요. 혹시 하룻밤 묵고 가실 분들은 장원 안에 방을 마련해 놓았습니다. 그럼 살펴 가십시오."

회의를 마치는 말에 사람들이 하나둘 자리에서 일어나 취의청을 빠져나갔다. 그리고 이번에도 처주무련 출신의 네 방파만이 취의청에 남게 되자 이석약이 물었다.

"일단 절강무련 내에서는 어느 정도의 합의를 이끌어 냈지만, 무림맹은 어찌 설득하시려고요?"

그 말에 담기령이 피식 웃으며 대답했다.

"생각해 둔 것이 있습니다. 물론, 그전에 태자 전하께서 낭보를 가지고 오셔야겠지만 말입니다."

"낭보요?"

"토벌에 대한 허락이 떨어지면, 그에 대한 대략적인 위치가 만들어지지 않겠습니까? 그때부터 움직일 예정입니다."

중원 최대의 건축물이자, 천하의 중심으로 자리 잡은 거대한 궁전인 자금성.

자금성의 외조에 자리한 봉천전과 화개전, 근신전을 지나면, 자금성의 외조와 내정을 구분하는 건청문을 만난다.

건청문을 지나면 만나는 가장 첫 번째 궁은 건청궁으로, 황제의 침전이었다.

건청궁은 미로와 같은 구조를 지닌 데다, 상하 두 층으로 이루어진 아홉 칸의 접견실이 있었는데 이는 그 누구도 황제의 침소를 알지 못하도록 하기 위함이었다.

접견실은 평소 황후나 비빈들이 사용하지만, 오늘 그중 한 곳에서 현 중원의 가장 높은 자리에 있는 두 사람이 독대를 하고 있었다.

"무슨 일로 이리 비밀스레 독대를 청하였느냐?"

물음을 던진 이는, 드넓은 중원 대륙의 당대의 주인인 황제였다. 그리고 그 아래 질문을 받은 이는 태자인 주휘량이었다.

접견실에 마주 앉은 두 사람을 제외하고, 황제가 지금 이곳에 있다는 사실을 아는 사람은 자금성 내에서도 사례감 단 한 명이었고, 태자 주휘량이 이곳에 왔다는 사실은 마주 앉은 황제만이 알고 있었다. 게다가 남경에서도 주휘량이 자리를 비웠다는 사실을 아는 사람이 없을 정도.

그만큼 지금의 만남은 비밀스러운 것이었는데, 주휘량이 그 만큼 비밀을 유지하며 황궁으로 들어왔기 때문이었다. 황제가, 문안 인사를 받지도 않고 대뜸 물음을 던진 이유 또한 그것이었다.

"긴히 올릴 말씀이 있사옵니다."

"말하여라."

"참으로 황망하고 참담한 일이오나, 역적의 무리를 찾아 냈사옵니다."

순간 황제의 두 눈에 섬뜩한 빛이 번뜩였다. 동시에 황제의 목소리가 한층 은밀하게 변했다.

"자세히 말하여라."

"일전에 중원 전역에 유황을 밀거래하는 자들에 대해 올린 보고를 기억하십니까?"

"물론이다. 태자가 무림과 협조하여 그들에 대해 조사를 하고 있다 하지 않았더냐?"

"그러하옵니다. 그리고 그들이 바로 방금 말씀 올린 역적의 무리와 관련이 있었사옵니다"

"뭣이!"

황제의 목소리가 한층 살벌하게 변했다. 유황은 화약의 제조와 긴밀한 연관이 있었다. 중원 전역에 유황을 밀거래할 수 있을 정도라는 건, 보유하고 있는 유황의 양이 보통이 넘는다는 뜻이었다. 이는 역적의 무리들이 화약을 제조할 능력이 있다고 볼 수도 있는 것이다.

짧은 침묵 후에 황제가 다시 물었다.

"좀 더 자세히 말하여라."

"예, 아바마마. 그 역적의 정체는 과거에 숙청당했다고 알려진 오왕부입니다."

"과거의 오왕부?"

"성조 선황께서 보위에 오르실 당시, 선황을 부정했다 하여 번왕의 왕위를 삭탈당하고 멸망했다고 알려진 오왕부가 있었사옵니다."

"나도 기억에 있는 내용이다. 그런데 그들이 사라지지 않았단 말이더냐?"

"당시에는 모두 죽고, 왕부의 병력이 모두 해체되었다고 기록되어 있었으나 실제로는 바다 밖으로 몸을 피했던 걸로 보입니다."

"그래서 지금 그 역적들이 어디에 있는 것이냐?"

"바다 밖, 어느 섬에 자리를 잡고 지금까지 맥을 이어 오고 있었다 합니다. 그동안 왜구 세력들을 병합하고, 자체적으로 군대를 조련하였으며, 중원 곳곳에 간자를 숨기고 자신들의 거점을 마련한 것은 물론 최근에는 그 거점을 통해 자신들의 병력을 중원 각지의 수적이나 산적으로 위장하여 자리를 잡게 하고 있다 합니다."

"어허! 그런 일이 있을 동안 아무도 몰랐단 말이더냐?"

"역적들의 움직임이 워낙 은밀하고 너무나 긴 세월 동안

진행되었기 때문입니다."

심각한 얼굴로 고개를 끄덕인 황제가 아무 말 없이 조용히 생각에 잠겼다. 주휘량은 이럴 때는 조용히 기다려야 한다는 것을 알기에 입을 다문 채 가만히 황제의 고민이 끝나기를 기다렸다.

그리 길지 않은 고민 끝에 황제가 입을 열었다.

"평소였다면 당장 토벌군을 꾸려야 하는데, 태자가 비밀스레 나를 독대한 이유는 기밀을 유지해야 하기 때문이렸다?"

"그러하옵니다."

"또한 조정에서 기밀을 유지해야 한다 함은 조정의 관료 중에도 역적들의 간세가 숨어 있을 가능성이 있다는 것이냐?"

"확실하게 알고 있는 바는 없습니다만, 그럴 가능성이 매우 높다고 생각합니다. 지금 알아낸 바로는 무림의 세력 중에서도 역적들의 간세가 숨어 있다고 합니다."

"그렇다면 역적들을 토벌하는 것 또한 은밀하게 진행되어야 하는 일일 터, 복안이 있는 듯하니 말을 해 보아라."

대화는 막힘없이 진행되었다. 황제는 그 누구보다 실리를 중시하는 성격이었고, 태자 주휘량 역시 그런 황제의 성격을 쏙 빼닮았기에 별다른 부연 설명 없이도 이야기가 통했다.

"이번 일에는 어림군이나 구변진의 정예병을 동원하지 않고 무림의 힘만을 이용하는 것이 좋을 거라 사료되옵니다."

토벌해야 할 적들의 규모가 큰 대부분의 경우 조정에서는 각 성의 도지휘사사가 아닌 중앙의 어림군이나 구변진의 정예병들을 파견하여 토벌해야 했다.

각 성에 있는 도지휘사사의 병력들은 작은 민란이나 산적, 수적의 토벌은 가능하지만 적들이 강할 경우에는 그리 도움이 되지 않기 때문이었다. 훈련 상태도 좋지 않을뿐더러 군기마저도 제대로 서 있지 않기 때문이었다.

드넓은 중원의 각지에 있는 병력을 오호도독부에서 완전히 통제하는 것은 불가능한 탓에 어쩔 수 없는 일이었다. 그 탓에 매번 나라의 큰 변란이 생기면 어림군과 북방의 정예들을 동원하는 소모적인 일이 반복되곤 했다.

명 건국 초기만 해도 이러한 일이 생기지 않을 가능성이 있었다. 각 지방의 번왕들이 병권을 가지고 강력한 병력을 소유하고 있었기 때문이다. 하지만 영락제 즉위 당시 번왕들의 병권을 회수하면서 번왕들의 병력은 왕부를 지키는 데만 움직일 수 있었고 그로 인해 명나라의 지방군은 말 그대로 오합지졸이 된 것이었다.

어쨌든 그렇게 일이 있을 때마다 동원되던 어림군과 구변진의 정예들을 차출하지 않고, 무림의 힘만으로 역적들을 토

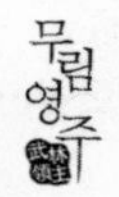

벌하는 것은 꽤 효율적인 일이었다.

하지만 그에 대한 반대급부도 있는 법. 황제가 그 반대급부를 지적했다.

"지금까지도 일이 있을 때마다 무림의 힘을 동원하기는 했었다. 하지만 그들은 어디까지나 지원을 하는 입장이었지, 토벌군의 본대는 아니었다. 그렇기에 적은 보상만으로도 그들을 부릴 수 있었다. 하지만 만일 그들이 본대가 되어 역적들을 토벌한다면, 그들에게 주어야 할 보상 또한 아주 많아지지 않겠느냐?"

이는 주휘량 역시 담기령과 이야기를 하면서 생각했던 부분. 주휘량이 담기령에 대한 이야기를 시작했다.

"남경에 있으면서 개인적으로 알고 지낸 무림의 인사가 하나 있습니다."

주휘량이 아무런 연관도 없는데 누군가의 이름을 꺼낼 리가 없다는 것을 알고 있는 황제가 호기심을 드러내며 물었다.

"그것이 누구냐?"

"절강성의 담씨세가라는 작은 세가의 주인인 담기령이라는 자입니다."

"그래서?"

"그자가 토벌군의 전권을 요구하였습니다. 그 대신 자신이 무림맹의 힘을 동원하여 그들에게 줄 보상을 최소한으로 줄이겠다 하였습니다."

앞뒤가 맞지 않는다. 어찌 작은 세가의 주인이 무림맹을 움직일 수 있단 말인가. 하지만 이 또한 이유가 있을 터.

"그 정도로 출중한 인물이더냐?"

"절강성 작은 현에 자리한 소규모 세가를 몇 년 만에 절강 무림의 패자로 키운 인물입니다. 능력만큼은 확실하다 생각합니다."

"그 말인 즉슨, 네가 보기에 이번 토벌군의 총병관을 맡겨도 무리가 없다는 뜻이렷다?"

"그러하옵니다."

한 치의 망설임도 없이 되돌아오는 대답에 황제가 고개를 끄덕인다. 하지만 확인을 하지 않을 수 없기에 재차 물었다.

"만일 일이 잘못될 경우, 너의 입지가 그만큼 좁아진다는 것 또한 알고 있으렷다?"

"소자 그 또한 잘 알고 있사옵니다."

주휘량의 대답을 들은 황제의 얼굴에 호기심이 어렸다. 신중하고 효율적인 성격의 태자가 이 정도로 확신을 갖고 일을 맡길 수 있는 자가 어떤 인물인지 궁금했던 것이다.

"좋다. 이 일은 모두 태자에게 맡기도록 하겠다. 토벌군의 명칭을 외해오적토벌군으로 정하고, 태자를 토벌군의 도독동지로 임명하며 절강성 담씨세가의 가주 담기령을 총병관으로 임명토록 하겠다."

"충심을 다해 일을 마무리하겠사옵니다."

태자의 대답에 황제가 무거운 얼굴로 고개를 끄덕이며 말했다.

"부디 모든 일을 깨끗하게 마무리하기를 아비로서 기대하도록 하마. 한데……."

황제가 잠시 말꼬리를 흐렸다가 말을 이었다.

"그 담기령이라는 자, 짐도 한 번 만나 보고 싶구나."

"모든 일이 마무리된 연후에, 아바마마를 알현할 것이옵니다. 건방지기는 하나 아바마마의 마음에도 들 것이라 사료되옵니다."

"그리 말을 하니 더욱 궁금하군. 아무튼 모든 일을 잘 처리하도록 하라."

황제의 말에 주휘량이 미소를 지으며 고개를 숙였다.

"어찌 지내셨습니까?"

담기령의 물음에 절강성 오왕부의 세자 주세광이 덤덤한 표정으로 답했다.

"자네 덕에 꽤 바쁘게 보냈지."

"바쁜 건 나쁜 일이 아니지 않습니까? 더군다나 이런 상황에서는요."

"뭐, 그리 생각한다면 그럴 수도 있지."

대답하는 주세광의 얼굴에 피식 미소가 어렸다. 생각해 보면 담기령 덕분에 오왕부로서는 꽤 큰 것을 얻었다. 바로 역적 토벌군에서 자리를 차지할 수 있게 된 부분이었다.

원래대로라면, 왕부인 오왕부는 역적의 토벌과 같은 군사적인 움직임에 참여할 수가 없었다. 하지만 담기령의 도움으로 오왕부의 사돈인 항주의 구씨세가가 이번 역적 토벌에 참가할 수가 있었다. 물론 왕부의 병력이 직접 참여하는 것은 아니다. 하지만 전통적인 흐름대로라면 왕부의 사돈인 구씨세가 또한 참가하는 것은 불가능한 일이었기에, 오왕부로서는 담기령의 도움이 충분히 감사를 표할 일이었다.

가벼운 대화를 나누며 왕부의 구불구불한 회랑을 돌아 도착한 곳은, 왕부에서도 가장 깊은 곳에 자리한 하나의 방이었다.

왕부인 만큼 어지간한 방에는 시비들이 지키고 있을 법한데, 지금 두 사람이 도착한 방문 앞은 그렇지가 않다. 방문 앞의 시비만이 아니라, 긴 복도를 한참을 움직였음에도 왕부의 하인이나 병사들조차 보이지가 않았다. 이는 지금 이 방 안의 상황이 기밀을 유지해야 한다는 의미.

주세광이 아무런 기별도 하지 않고 조심스레 방문을 열고

안으로 들어갔다.

"오랜만이군."

주세광에 이어 담기령이 방 안으로 들어서니, 방 안의 누군가가 먼저 말을 걸어왔다.

"예, 전하. 그간 강녕하셨습니까?"

담기령이 한쪽 무릎을 꿇고 포권을 하며 인사를 했다. 방 안에서 담기령과 주세광을 기다리던 이는, 바로 태자 주휘량이었다.

황제가 비밀스레 진행시킨 외해오적토벌군 구성은 극비에 속하는 일이었고, 그 일의 핵심인 주휘량의 움직임 또한 비밀리에 진행되어야 했기에 일어난 일이었다.

"덕분에 바쁜 시간을 보냈으니, 그리 편안하지는 못했네. 아무튼 일단 앉게."

주휘량의 말에 담기령과 주세광이 자신의 의자를 찾아 자리에 앉았다. 자리에 앉은 담기령이 주휘량을 향해 말했다.

"바쁘게 움직이신 덕분에, 일이 신속하게 잘 처리된 것이 아니겠습니까?"

다 알고 있다는 듯 말하는 담기령을 보며 주휘량이 피식 미소를 지었다. 그리고는 옆의 작은 탁자에 있던 족자를 집어 들며 담기령을 향해 말했다.

"앞으로 나오게."

무슨 일인지 짐작한 담기령이 주휘량 앞으로 나서 무릎을 꿇었다.

주휘량이 집어 들었던 족자를 펼치며 덤덤한 목소리로 족자의 내용을 읽어 내렸다.

"절강성 처주부 용천현 담가의 담기령을 외해오적토벌군의 총병관에 제수한다."

한시적이기는 하나, 담기령을 명의 장수로 관직을 내리는 임명장인 황제의 고신이었다.

편안한 어조로 고신을 읽어 내린 주휘량이 그것을 내밀고, 담기령이 두 손을 모아 받들 듯 받아 들었다.

"원래대로라면 정식으로 절차를 거쳐야 했겠으나, 아무래도 극비로 진행되는 일이다 보니 별다른 절차가 없네."

"과정이 중요한 것이 아니지 않습니까?"

"그렇기는 하지. 그래 이제 어찌할 생각인가?"

"이제 무림맹을 이번 일에 집어넣어야겠지요."

당연하다는 듯 되돌아오는 담기령의 대답에 주휘량이 미간에 깊은 주름을 접는다. 짧지 않은 시간 동안 그렇게 혼자 무언가를 고민하는 듯하더니, 조심스레 입을 열었다.

"역시 어떤 방법인지는 말하지 않을 셈인가?"

"모르시는 게 좋을 듯합니다."

단호한 담기령의 대답에 주휘량도 더 이상은 대답을 종용

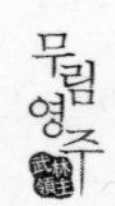

하지 않았다. 하지만 궁금증이 해소된 것은 아닌 탓에 묘한 표정으로 눈동자를 굴린다.

그런 주휘량의 모습에 담기령이 설명을 부연했다.

"제가 그 방법에 대해 말씀 드릴 수 있는 것은, 절대 부정한 방법은 아니라는 것입니다."

"그런데 왜 말을 하지 못하겠다는 것인가?"

"부정한 방법은 아니지만, 꽤 치사한 방법이기는 하기 때문입니다. 모르시면 모르되, 아시게 되는 순간 전하의 얼굴에 먹칠을 하게 됩니다."

비약이 심한 듯하지만 사실이었다. 주휘량이 모르는 상태에서 담기령이 그 치사한 일을 벌인다면 그 일은 어디까지나 담기령 혼자서 한 일이었다. 하지만 주휘량이 그 내용을 알게 되는 순간, 문제의 치사한 일을 주휘량이 허락하여 벌인 일이 되는 셈이었다.

"치사하다라……."

이렇게 이야기가 나오니, 방금 전 접어 두자고 마음먹었던 궁금증이 다시금 고개를 치켜들었다.

"그런 정도야 내가 알아도 되지 않겠는가?"

주휘량은 아버지인 황제를 쏙 빼닮아 실리와 효율을 중시하는 성격이었다. 체면이니 하는 것을 따지기보다는 하나라도 더 얻는 것이 낫다고 여긴다. 그러니 치사한 짓을 했다는 소리를 듣는 것 정도는 상관이 없었다.

하지만 담기령은 고개를 저었다.

"저는 그런 짓을 해서는 안 된다고 배웠습니다."

"음?"

"자신이 진흙탕에 구르는 한이 있어도, 주인은 진흙탕 속의 자신을 밟고 깨끗하게 지나가도록 하라 배웠습니다. 주군의 이름에 조금이라도 누를 끼치지 않는 것이 아랫사람이 할 도리라고 말입니다. 비록 한시적이지만 태자 전하는 현재 저의 윗사람이십니다. 그러니 제가 저의 도리를 다할 수 있도록 해 주십시오."

주휘량의 표정이 묘하게 변했다.

'재미있군.'

눈앞의 담기령은 확실히 재미있는 사람이었다.

자신 또한 절강무련이라는 커다란 세력의 주인인 입장이면서도 진흙탕에 발을 담그는 것을 서슴지 않는다. 물론 스스로 말한 대로 치사한 짓을 벌이는 것을 진흙탕에 발을 담그는 것이라 말하기에는 비약이 심하기는 하지만, 지금 말하는 것으로 보아 필요하다면 지저분한 일도 개의치 않고 할 수 있는 인물이니 과히 틀린 말은 아니었다.

어쨌든 절강무련의 련주라는 스스로의 위치를 생각하면 할 수 없는 일이지만, 현재는 외해오적토벌군의 총병관으로

서 주휘량을 위해 궂은일을 하겠다고 나선 것이었다. 위치에 맞는 행동이 무엇인지 알고, 어떻게 해야 일이 성사될 수 있는지를 아는 사람이다.

그런데 또 한편으로는 자칫 위험해질 수 있음에도 무례한 거래를 요구하기도 한다.

뭔가 종잡을 수 없는 행동인 듯 보이기는 하지만, 찬찬히 뜯어 보면 언제든 자신이 해야 할 일이 무엇인지 정확하게 파악하고 오차 없이 그 일을 수행하는 것이었다.

적어도 주휘량이 지금까지 만나 본 사람들 중에서는 이 정도로 모든 일에 있어서 '분명함' 을 지닌 인물은 없었다.

머릿속으로 잠시 그런 생각을 하던 주휘량이 담기령을 향해 천천히 고개를 끄덕였다.

"알겠네. 더 이상은 묻지 않도록 하지. 자, 그러면 우리는 무엇을 해야 하는가?"

"저는 무림맹으로 들어가 그들을 토벌군에 편성시키고, 내륙에 있는 역적들을 소탕할 것입니다. 태자 전하께서는 그동안 극비리에 배를 준비해 주십시오."

"절강 인근에는 수군이 없지 않은가?"

"있다 해도 수군이 움직이면 놈들이 눈치를 챌 위험이 있습니다."

"하긴……."

고개를 끄덕인 주휘량이 잠시 말꼬리를 흐리더니 담기령 옆에 앉아 있는 주세광을 향해 시선을 움직였다. 동시에 주세광이 천천히 고개를 끄덕이며 말했다.

"소신의 처가에서 배를 준비할 수 있습니다."

"그렇다면 나는 시선을 끌어 주어야겠군."

"그리해 주신다면 일을 진행하기가 한결 수월합니다."

"알겠습니다."

짧은 대화를 나눈 후, 주휘량이 다시 담기령에게로 시선을 돌렸다.

"그럼 담 총병관은 이제 무림맹으로 갈 것인가?"

"아닙니다. 조금 천천히 움직일 생각입니다."

"천천히?"

"예, 무력 시위를 할 필요가 있습니다."

"무력 시위라니?"

"말 그대로입니다."

이해를 못하고 되묻는 주휘량을 향해 담기령이 알 듯 모를 듯한 미소를 지어 보였다.

6장

천태산의 산적들

쪼로로롱!

거대한 산의 초입에 흔히 들을 수 없는 낯선 새의 지저귐이 울렸다.

산은, 험준하고 높지는 않았지만 면적 자체가 아주 넓어 하루 만에 넘을 수 없는 거대한 산이었다.

쪼로롱, 쪼로로롱!

연신 울려 퍼지는 새소리가 점점 산 안쪽을 향해 멀어져 갔다. 산의 초입에서부터 안쪽으로 날아가며 울어 대는 것이거나 여러 마리의 새가 연이어 우는 것 같은 소리였다.

그렇게 점점 깊은 산속으로 향하던 새소리가 멈춘 곳은,

산 안에서도 가장 울창하게 숲을 이루고 있는 커다란 계곡이었다.

그리고 그 숲에서 새소리가 아닌 또 다른 낯선 소리가 울렸다.

"왔다, 전부 준비들 해라!"

그리 크지는 않지만 묵직한 힘이 실린 목소리에 숲 곳곳에서 분주한 움직임이 일어났다. 바로 사람들의 그림자였다.

하나같이 험상궂은 인상에 커다란 덩치를 가진 사내들이 저마다 살벌한 날붙이를 들고 숲속의 커다란 공터에 모여들었다.

그렇게 모인 사내들의 수가 거의 삼백여 명. 삼백의 사내들이 모여 둥그렇게 자리를 잡은 중앙에 커다란 바위 하나가 있었다. 바위 위에는 방금 전 입을 열었던 사내가 서 있었다. 분위기로 보아 운집해 있는 장정들 중 우두머리인 듯했다.

"칼은 제대로 챙겨 들고 나왔느냐?"

우두머리의 말에 사내들이 저마다 손에 들고 있던 날붙이들을 한껏 머리 위로 치켜들었다.

"크흐흐, 신호를 들어 보니 아주 큰 건인 모양이다. 이게 다 이 두령님이 어젯밤에 길몽을 꿔서 그런 거지."

알고 보니 방금 전의 새소리는 진짜 새가 아니라, 사람이

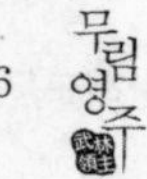

낸 소리였던 모양이다.

사내들의 정체는 더 고민할 것도 없이 산적들이었다. 그런데 이 산에 산채를 꾸리고 산주인 행세를 하는 산적은 아닌 듯했다.

공터 주변에 보이는 모닥불의 흔적이나 얼기설기 세워 놓은 움막들이 지금 이 숲에서 여러 날 노숙을 한 듯했기 때문이다. 진짜 산주인이라면 이런 움막이 아니라 제대로 된 산채를 꾸렸을 터, 그런 정황으로 보아 삼백의 사내들은 아무래도 산에 잠시 머물고 있는 화적떼인 듯했다.

쪼로롱, 쪼로롱!

그때 또 한 번 새소리가 울렸다. 그 소리를 들은 우두머리가 급히 칼을 빼 들며 외쳤다.

"자, 각자 봐 둔 자리로 움직여라. 오늘 여기서 한 건 한 후에, 복건성으로 내려가 진짜 터를 잡을 것이다."

말이 끝나기가 무섭게 삼백여 명의 사내들이 빠르게 어딘가를 향해 달렸다.

절강성 처주부는, 절강성 내에서도 가장 고립되어 있는 지역이었다. 영녕강 물길을 제외하면 사방이 모두 산으로 둘러싸여 있는 지형으로, 아주 높은 곳에서 보면 거대한 분지의 형태였다.

그 탓에 처주부에서 육로를 통해 다른 지역으로 가려면 반드시 험한 산을 넘어야 했다.

그러한 처주부 내에서도 육로로 타지에 가기가 가장 힘든 곳이 청전현이었다. 북쪽으로 방향을 잡고 올라가면 선도산(仙都山), 활창산(活倉山), 천태산(天台山)으로 이어지는 세 개의 산을 넘어야 하는 탓이었다.

그중 선도산과 활창산은 험준하기 짝이 없어 사람 그림자라고는 약초꾼이나 사냥꾼 정도였고, 그나마 천태산이 넓기는 하되 험준하지는 않아 상황에 따라 산을 넘는 이들이 종종 있었다.

그리고 그 천태산으로 들어서는 꽤 긴 사람들의 행렬이 있었다.

가장 선두에 열을 맞춰 걷는 쉰 명 가량의 무인들이 보이고, 그 뒤로는 기나긴 수레의 행렬이 보였다. 각 수레마다 네 명의 사내들이 붙어서 밀고 끌며 수레를 움직이고, 수레와 수레 사이에는 다시 네 명의 무인들이 주변을 경계하며 걷는다. 그렇게 늘어선 수레만 해도 거의 스무 대 가량이었고 모든 수레에는 짐이 한가득 실려 있었다.

쪼로롱, 쪼로로롱!

행렬의 선두가 천태산 초입으로 들어설 무렵, 어디선가 낯선 새소리가 들렸다.

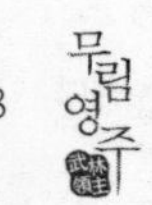

동시에 행렬의 가장 선두에 서 있던 한 여자가 급히 좌우를 살피며 말했다.

"들어 본 적이 없는 소리인데요?"

"저도 마찬가지입니다, 장문사질."

먼저 말을 한 여자는 다름 아닌 명도문 장문인 이석약이었다. 대답을 한 사람은 그녀의 사숙인 청이문이었고, 그 두 사람 뒤로 보이는 무인들과 수레를 끄는 이들 모두가 명도문의 제자들이었다.

"흐음……."

옅은 한숨을 흘리며 고개를 갸웃거리던 이석약이 청이문을 향해 다시 물었다.

"이 산에 산채가 있었나요?"

산에서 들리는 낯선 소리는 경계의 대상이었다. 아무리 그럴싸해도 들어 본 적이 없는 소리라면, 사람이 내는 소리라는 의심을 해야 했다.

하지만 청이문은 그럴 리 없다는 얼굴로 고개를 저었다.

"그런 소리는 듣지 못했습니다. 어느 정신 나간 산적들이 이 천태산에 산채를 꾸리겠습니까?"

장사도 그렇지만, 산적질을 하는 것도 목이 좋아야 할 수 있는 법이다. 그런 관점에서 볼 때 이 천태산은 아주 목이 좋지 않은 곳이었다. 사람의 왕래가 없는 탓이다.

천태산의 위치는 처주부와 태주부, 소흥부의 경계선이 맞닿는 지점이었다. 하지만 처주부에서는 나가는 사람도, 들어가는 사람도 모두 물길을 이용하지 육로를 이용하지는 않는다.

그나마 천태산이 산세가 험하지 않아 사람들의 왕래가 가끔 있기는 했지만, 그래도 여전히 산적질을 하기에는 적합하지 않았다. 산적들이 주로 노리는 표국의 표물이나 조세의 운반은 모두 배를 이용하기 때문이었다. 즉, 산을 넘는 이들이 있어도 털어 봐야 별로 얻는 것도 없다는 뜻이었다.

"그렇죠. 이런 산에 산채를 꾸릴 멍청한 산적이 있지는 않겠죠."

이석약이 수긍하는 듯 고개를 끄덕이지만 여전히 미심쩍은 표정을 지우지 못했다. 하지만 아무리 생각해도 산적이 있을 것 같지가 않았다.

청이문 역시 다시 한 번 확인하듯 말했다.

"당연하지요. 이런 데 자리를 잡을 멍청한 산적이 있을 리가 없지요."

"그래도 혹시 모르니 다들 좀 더 주변을 경계하라 전하세요."

"알겠습니다. 대비를 해서 나쁠 것은 없지요."

청이문이 알았다는 듯 고개를 끄덕이면서도, 얼굴에는 여

전히 그럴 리 없다는 표정을 지으며 허허로운 웃음을 흘린다.

“제자들은 각자 무기를 뽑아 들고 사방을 경계하라!”

청이문의 명령에 수레를 끄는 명도문 문도들을 제외한 모두가 패용하고 있던 일월쌍도를 뽑아 들었다.

제자들이 무기를 뽑아든 것을 확인한 청이문이 이석약을 향해 말했다.

“다시 가시지요.”

그렇게 잠시 지체되었던 산행이 다시 재개되고, 명도문 행렬의 끄트머리마저 산으로 들어선 후 다시 한 번 예의 그 새 울음소리가 들렸다.

“흠, 좀 실망스럽군.”

좁은 계곡의 위쪽에 몸을 숨긴 채 아래를 내려다보던 사내, 삼백여 명의 산적들의 두령인 장왕이 자신의 말 그대로 실망스러운 표정으로 중얼거렸다.

장왕의 말에 바로 곁에 있던 그의 심복 중 하나인 조돈삼이 궁금한 표정으로 물었다.

“뭐가 실망스럽단 말입니까?”

“아까 날아든 신호로는 아주 큰 건이 하나 들어왔다고 하지 않았느냐?”

"그랬죠? 근데 제가 봐도 꽤 물건이 많아 보입니다만?"

"쯧쯧, 이래서 식견이 얕은 것들이 문제다."

장왕의 핀잔에 조돈삼이 머쓱한 표정을 지었다.

"헤헤, 우리야 뭐 두령 따라서 이제 막 산으로 들어온 거니 아는 게 없어서 그런 거지요. 앞으로 두령이 많이 가르쳐 주십시오."

"산에서 털기 가장 좋은 물건이 뭔지 아느냐?"

"뭡니까요?"

"부피가 작고 값나가는 물건. 금자나 은자, 혹은 보석 같은 패물들이다. 그런데 잘 봐라. 저게 그런 값비싼 물건들로 보이느냐?"

장왕의 말에 조돈삼이 비탈 저 아래로 보이는 수레의 행렬을 다시 살펴보았다. 수레마다 한가득 짐을 싣고 그 위에 비를 대비해 기름 먹인 천을 덮어 씌워 놓은 모양이었다. 대충 봐도 작고 값나가는 물건은 아니었다.

"아닌 것 같은데요?"

"그래, 저건 쌀이나 식량 등일 가능성이 높지."

"하지만 그래도 저 정도 양이면 어마어마하지 않습니까?"

장왕이 고개를 끄덕였다.

"물론 어마어마한 양이지. 하지만 저걸 다 털어서 옮기거나 되팔아 돈으로 만드는 게 어디 쉽겠느냐?"

"하, 하긴……."

자신들은 아직 변변한 산채도 꾸리지 못한 상태였다. 저 정도 식량을 보관할 만한 장소가 없었다. 그렇다고 저 많은 양을 끌고 움직이며 돈으로 바꾸는 것도 만만한 일은 아니다.

"그럼 저건 털지 않는 겁니까?"

"멍청한 놈! 찾아온 손님을 그냥 보내는 건 산적의 도리가 아니지. 나중에 파묻는 한이 있어도 일단 터는 게 산적의 법도다!"

말이 끝나기가 무섭게 장왕이 벌떡 몸을 일으키며 몸을 날렸다.

삐이이익!

입으로 공력을 잔뜩 실은 휘파람을 불며 몸은 세차게 아래로 떨어져 내려 계곡 아래로 향했다.

"허허, 이런 멍청한 놈들이 진짜 있을 줄이야!"

청이문이 산적의 습격 보다는 그쪽이 더 놀라운 듯 기가 막힌 얼굴로 중얼거렸다.

"그러게 말입니다. 천태산에 산적이라니."

이석약 역시 설마 했던 일이 벌어지는 바람에 어처구니가 없다는 표정을 지었다. 하지만 그것도 잠시, 이내 표정을 굳히며 일월쌍도를 쥔 두 손에 잔뜩 힘을 주었다.

"웬 놈들이냐!"

이석약이 계곡의 앞뒤와 좌우 비탈 위에서 모습을 드러낸 산적 패거리를 향해 외쳤다.

"크흐흐, 뭐 그리 당연한 걸 물어보시나?"

정면의 산적들 중 한 사내가 앞으로 나서며 말했다.

"네놈이 산적들의 채주인 모양이군."

"그 역시 당연한 이야기. 그리고 또 한 번 빤한 이야기를 할 테니 잘 들어라. 물건을 버리고 달아나면 쫓아가서 죽이지는 않겠다. 살고 싶거든 조용히 물건을 두고 떠나라!"

"명도문이 산적 따위의 협박에 겁을 먹을 거라 생각했더냐?"

"명도문? 그건 또 어디 구석에 처박혀 있는 무관이야? 어이, 여기 누구 명도문이라는 이름 들어 본 놈 있느냐?"

"크흐흐, 없습니다요!"

"어디 시골 구석의 무관인 모양이죠."

"어? 그러고 보니 저놈들 칼이 제법 그럴싸해 보이는데요? 저것들만 뺏어다가 팔아도 돈 좀 되겠습니다!"

"꼴에 무기는 제법 좋은 걸 구한 모양입니다요!"

여기저기서 터지는 외침에 장왕이 눈을 빛냈다. 그러고 보니 앞으로 나선 계집은 물론, 모든 이들이 손에 들고 있는

쌍도가 꽤 질 좋은 쇠를 담금질해 만든 듯했다. 어디다 내다 팔면 꽤 값을 쳐 줄 게 분명한 물건들.

장황이 생각을 굳힌 듯 외쳤다.

"제안을 바꾸지. 수레와 들고 있는 쌍칼도 버리고 도망쳐라!"

그러는 사이, 이석약과 청이문은 은밀하게 전음으로 대화를 주고받고 있었다.

—아무래도 다른 지역에서 유입되어 온 놈들인 것 같지 않나요?

—우리 문파를 모르는 걸 보니 그런 것 같습니다.

청이문의 말은 절대 자만심에 의한 것이 아니었다. 현재 절강성 내에서 명도문을 모르는 이들은 없었다. 특히나 한번이라도 병장기를 쥐어 본 무인이라면 모를 리가 없는 이름 중 하나가 바로 명도문이었다.

절강성 전체를 아우르고 있는 거대 집단이 바로 절강무련이었고, 그 절강무련에서 처음부터 업적을 쌓아 온 세력 중 하나가 명도문이기 때문이었다.

—그렇다면 뭐 아주 멍청한 놈들은 아닌 모양이네요.

—예, 아마 여기 천태산은 지나던 중에 밑천을 좀 모을 생각으로 머무는 것 같습니다.

행색이 그랬다. 마치 며칠 동안 노숙을 한 듯 꾀죄죄한 모습들이었다. 지금 이 산에 산채를 꾸리고 있는 산적들이라면, 아무리 산적이라도 이 정도로 꾀죄죄할 수는 없었다.

—그 말은 전면전이라는 말이군요.

—그렇습니다. 차라리 멍청하게 여기 자리를 잡은 놈들이라면 편했을 터인데…….

두령인 듯한 사내는 가진 걸 모두 다 내놓으라고 말했다. 그 말 역시 이 산적들이 이 천태산에 자리 잡은 자들이 아니라는 뜻이었다. 보통 한 곳에 정착한 산적들은 모든 걸 털어 가지 않는다. 오랜 세월 그 자리에서 해 먹어야 하니, 어느 정도 통행료를 받고 지나가게 해 주는 정도로 마무리를 한다.

가진 걸 모두 털어 간다는 것은, 그것도 무림 문파의 물건을 모두 털어 간다는 것은 그 문파의 자존심을 짓밟는 행위였다. 당연히 해당 문파는 자존심을 되살리기 위해 산채를 공격함은 물론 받은 피해의 곱절의 보상을 받으려 할 수밖에 없었다.

그런데 지금 이 산적은 모든 걸 요구했다. 즉, 이 산이 자신들의 산채가 아니라는 말. 현재 상태는 그저 떠돌이 화적 떼 무리라고 봐야 했다.

—어쩔 수 없죠.

—준비는 다 되어 있으니 언제든 명만 내려 주십시오.

—제가 먼저 움직이겠습니다.

두 사람이 전음으로 대화를 나누는 시간이 길어지면서, 장왕의 얼굴이 구겨졌다.

"이 연놈들이 감히 이 장왕 두령님이 말을 하는데 무시를 해?"

전음을 주고받느라 대꾸를 하지 않아 그렇게 느낀 것이다. 하지만 정작 문제는 그런 오해가 아니었다.

파아악!

선둥에 서 있던 이석약이 거칠게 진각을 밟으며 몸을 날렸다. 깜짝 놀란 장왕이 급히 뒷걸음질을 치며 대도를 들어 전면을 방어한다.

파파팍!

몇 번 땅을 구르는 순간 이석약의 신형이 장왕의 코앞으로 들이닥쳤다.

"흡!"

장왕이 저도 모르게 헛바람을 들이켰다. 순식간에 거리를 좁힌 것도 그렇지만, 동시에 덮쳐드는 무시무시한 압력에 기겁을 한 것이다.

얇은 도신의 일섬도가 허공을 길게 횡으로 갈랐다.

"감히!"

무식할 정도 거침없이 도격을 날리는 모습에, 장왕이 대갈일성을 터트리며 두 다리에 힘을 준다. 일절 방어를 도외시한 채 무식하게 밀고 들어온다는 건, 단번에 자신을 제압할 수 있다고 생각하는 것이라 볼 수 있는 탓이다.

그것도 힘 하나 없을 것 같은 가녀린 여자가 말이다.

슈우우, 카앙!

세찬 바람 소리에 이어 날카로운 쇳소리가 터졌다.

"큭!"

동시에 장왕이 신음을 짓씹으며 황급히 뒤로 물러선다. 하지만 그것은 극히 찰나의 시간. 언제 인상을 찡그렸냐는 듯, 호기로운 목소리로 외쳤다.

"계집 주제에 힘이 보통이 아니구나!"

삼백여 명의 수하들이 지켜보는 가운데 여자에게 힘으로 밀린다는 건 앞으로 산채를 꾸리고 운영하는 데 심각한 타격을 줄 일이었다. 그러니 도격을 맞부딪친 팔이 얼얼해질 정도로 저려도 참아야 했다.

"후읍!"

장왕이 급히 숨을 골랐다.

우우웅!

동시에 장왕의 칼에 붉은 기광이 피어오르는 듯하더니 순식간에 도신 전체에 붉은빛이 거미줄처럼 엉기기 시작했다.

"도삭!"

"두령님의 붕산신도(崩山神刀)다!"

"와아아아!"

주변에서 지켜보고 있던 산적들이 함성을 터트린다.

"우리도 가만히 보고 있을 수는 없지!"

"두령님을 도와라!"

"다 죽여!"

뒤이어 저마다 한마디씩 악을 쓰며 한 번에 수레 행렬을 향해 달려드는 산적들.

"명도문 제자들은 적들을 한 놈도 살려 두지 마라!"

함성과 함께 덮쳐드는 산적들의 사나운 함성과 기세를 뚫고 우렁찬 사자후가 터진다. 청이문의 공력이 담긴 일갈이었다.

차차차창!

청이문의 호령과 동시에 명도문 제자들이 손에 들고 있던 일월쌍도를 서로 맞부딪치며 기세를 올린다.

"타앗!"

동시에 청이문이 땅을 박차고 훌쩍 도약하며 가장 가까이 달려드는 산적들 틈으로 파고들었다.

'붕산신도?'

직설적이고 거창한 이름에 이석약이 멈칫하며 장왕의 모습을 살폈다.

물론, 무공의 이름 중에 거창하지 않은 것은 없다. 하지만 거창하다고는 해도 어느 정도 역사나 깊이가 있는 무공의 경우 은유적으로 짓거나 독문병기, 혹은 문파의 특징을 짚어서 짓는 경우가 대부분이다.

화산의 자하신공이나 매화검, 무당의 태극혜검만 봐도 그렇고 당장 이석약의 일월삼십육섬 또한 일월쌍도라는 두 자루 칼의 이름에서 유래했다.

그런데 지금 이 붕산신도는 거창하기도 하거니와 너무 직설적이었다. 잘 모르는 무인들에게는 귀에 착착 감기고 바로 이해가 가는 무지막지한 느낌의 이름이었다. 대게 이런 거창하고 직설적인 이름의 무공의 경우 말 그대로 이름만 거창한 경우가 대부분이었다.

하지만 눈앞의 장왕은 그렇지가 않았다. 이석약이 멈칫한 이유도 그것이었다. 이름만 봐서는 어디서 듣도 보도 못한 수준 낮은 무공인 것 같은데, 정작 그 무공을 쓰는 장왕의 칼에는 선명한 도삭이 엉겨 있었다.

'필시 정체를 숨기고 있는 고수!'

가능한 추측은 하나였다. 자신의 진짜 정체를 밝히고 싶지 않은 무인이 슬쩍 무공 이름을 바꾼 것이다. 그러니 오히

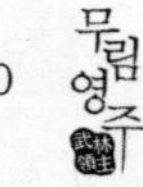

려 그 이름에 현혹되도록 하기 위해 붕산신도라는 직설적인 이름을 쓴 것일 터였다.

'조심해야겠군.'

물론 어디까지나 조심하겠다는 것이지, 겁을 먹은 건 아니었다.

긍, 그긍!

"허!"

당장 달려들려던 장왕이 급히 발을 멈추며 헛웃음을 흘렸다. 이석약의 두 자루 칼이 갑자기 묵직한 도명(刀鳴)을 흘리더니 갑자기 새하얀 빛과 함께 두 자루 도신에 도삭이 덧씌워진 탓이었다.

"계집 주제에 무공이 제법이군. 더 이상 계집이라고 손속에 사정을 둘 필요는 없겠구나!"

버럭 소리를 지르며 앞으로 나서는 장왕의 기세가 제법 사납다. 이석약이 재빨리 호흡을 고르며 앞으로 나섰다.

명도문의 일월삼십육섬은 담씨세가의 팔황불괘공과 아주 유사한 성향의 무공. 공수일체로 무조건적으로 전진하며 적을 몰아붙이는 무공이었다. 아무리 적의 기세가 사납다 해도 뒤로 물러서는 것은 명도문의 무공이 아니었다.

휘이잉!

횡으로 허공을 가르며 날아드는 붉은 궤적에 이석약이 역수로 쥔 운월도의 도신에 일섬도의 도신을 겹쳐 장왕이 만들어 낸 궤적 앞으로 나섰다.

캉, 카캉!

순식간에 다섯 합을 주고받는다. 종횡으로 쉬지 않고 후려쳐 오는 장왕의 붕산신도는 정말 그 이름 그대로 산이라도 무너트릴 듯 가공할 위력을 뿜어낸다.

하지만 위력으로 따지면 일월삼십육섬 역시 어디 가서 빠지지 않을 정도로 특화된 도법이었다.

일섬도가 날아드는 도격의 흐름에 끼어들고 운월도가 도격을 막아 내는가 하면, 일섬도가 장왕의 칼질을 정면으로 받아 내는 순간 운월도가 틈을 비집고 들어간다.

정신을 차릴 수 없을 정도로 빠른 호흡으로 몰아치는 것이 보는 것만으로도 숨이 가쁠 지경.

"계집이라도 봐주지 않겠다 하더니, 아직 봐주고 있는 모양이구나!"

이석약의 호기로운 외침에 장왕이 와락 인상을 구겼다. 금방이라도 앞뒤 재지 않고 달려들 것 같은 표정. 하지만 오히려 다섯 걸음을 뒤로 물러서며 이석약의 반응을 살폈다. 폭급해 보이는 겉모습과는 달리, 아주 신중한 성격이라는 뜻.

"후우우!"

이석약 역시 거리가 벌어진 틈을 타 빠르게 호흡을 골랐다.

'역시 만만치 않다.'

이석약은 한층 조심스러운 표정으로 장왕을 살펴보았다. 처음 모습을 드러냈을 당시 보여 준 경망스러운 모습은 조금도 보이지 않는 냉정하고 신중한 모습이었다. 즉, 처음에 보여 주었던 모습 역시 일종의 위장이라는 뜻이었다. 아마 장왕이라는 이름 또한 진짜 이름이 아니리라.

'어디서 나타난 놈이지?'

절강성 내에 이런 자가 있다는 소문은 들어 본 적이 없었다. 그렇다면 필시 외부에서 들어왔다는 뜻인데, 도대체 어디서 이런 자가 절강으로 들어왔단 말인가.

이석약의 시선이 힐끔 주변을 훑었다. 장왕을 따르는 산적들의 무공은 아주 대단한 수준은 아니었지만, 그렇다고 완전히 오합지졸도 아니었다. 조심하지 않으면 오히려 이쪽이 당할 위험도 있어 보였다.

'서둘러야겠어.'

이럴 때 가장 좋은 방법은 금적금왕(擒賊擒王). 우두머리를 먼저 제압하는 것이 가장 좋았다.

"타앗!"

날카로운 기합과 함께 이석약의 신형이 장왕을 향해 쇄도

했다.

"죽어라!"

장왕 또한 우렁찬 기합과 함께 이석약을 향해 칼을 휘두른다.

징, 지지징!

도삭과 도삭이 부딪치며 묵직한 울림이 사방으로 메아리쳤다.

"핫, 타앗!"

캉, 카캉!

쉴 새 없이 터지는 기합과 쇳소리가 연달아 터졌다. 순식간에 십여 합을 교환한 순간, 장왕의 두 눈이 번뜩였다.

'허점!'

지금까지 일섬도와 운월도가 만들어 내던 완벽에 가까운 방어에 아주 좁은 틈이 보였다. 하지만 장왕은 그 빈틈을 바로 공략하지 않았다. 상대의 유인책일 수도 있는 탓.

장왕은 눈에 빤히 보이는 빈틈을 보지 못한 척, 지금까지와 다를 바 없이 사나운 궤적을 그려 댔다.

'함정은 아니다!'

또다시 오십여 합이 흐른 순간, 장왕의 머릿속에 어느 정도 확신이 깃들었다.

'역시 계집이라 어쩔 수 없군.'

자신의 칼을 받아치는 것이나 공격을 해 오는 것이나 처음에 비해 현저히 힘이 떨어져 보였다. 아무래도 여자가 남자에 비해 근력이 딸릴 수밖에 없었고, 그로 인한 자세가 흐트러져 보이는 빈틈이라 판단했다.

'사양할 필요는 없지!'

더 이상 고민할 필요가 없다고 여긴 장왕이 칼을 쥔 손에 한층 힘을 주었다.

우우웅!

도신을 감싼 도삭의 붉은빛이 한층 짙어졌다.

"죽어!"

장왕이 우렁찬 외침과 동시에 일절 군더더기가 보이지 않는 세찬 도격을 날린다.

휘이이잉!

사나운 바람을 끌어안은 붉은 궤적이 이석약의 왼쪽 어깨를 노리고 날아든다.

"흡!"

이석약이 반사적으로 헛바람을 들이킨다. 왼팔을 잔뜩 웅크린 채 운월도의 도신을 상박에 바싹 붙인다. 오른손의 일섬도는 어느새 왼쪽 어깨를 감싸 안 듯 운월도의 도신에 엇걸어 붙여 충격에 대비한다. 하지만 처음의 신속하고 단단한 방비가 아니다. 힘이 빠진 탓인지 어딘가 엉성하게 붙어 있는 듯한 느낌.

꽈앙!

일월쌍도가 엇갈려 있는 지점을 두드리는 순간, 묵직한 굉음이 터진다. 하지만 장왕이 노린 것은 이다음의 순간.

"큽!"

옅은 신음과 함께 이석약의 몸이 비틀거렸다. 장왕의 신중함을 여실히 보여 주는 광경이었다. 이석약이 지친 탓에 생기는 허점이라는 판단을 내렸으면서도, 그 허점을 파고드는 것이 아니라 힘을 밀어붙여 다른 허점을 만들어 내는 것.

"크하앗!"

장왕이 호쾌한 기합을 터트리며 자세가 흐트러진 이석약의 옆구리를 향해 또 한 번 도격을 날렸다.

이석약의 일월쌍도가 급히 장왕의 도격을 맞이했다. 하지만 장왕의 도격은 그 순간 다시 한 번 변초를 만들어 낸다.

휘리링!

기묘한 바람 소리와 함께 장왕이 만든 도격의 궤적이 급히 그 방향을 틀었다. 노린 곳은 이석약의 허벅지.

이석약의 두 자루 칼이 급히 아래로 떨어지며 장왕의 칼을 막는다.

카카카칵!

귀를 찢을 듯한 마찰음이 울린다.

'됐다!'

장왕의 얼굴에 회심의 미소가 번진다. 자신의 칼이 일월쌍도의 방어를 꿰뚫고 이석약의 허벅지를 갈라 들어가는 것이 두 눈에 보였기 때문.

까아앙!

"헙!"

분명 맨몸뚱이를 향해 칼질을 했는데 소리는 쇳소리가 들리고, 칼을 쥔 손이 뻐근하게 울린다.

"설마!"

장왕의 두 눈이 화등잔 만하게 커졌다. 칼날이 찢어 놓은 이석약의 바지 안쪽으로 쇠로 만든 갑주 같은 것이 보인 탓이었다.

하지만 그것에 놀랄 때가 아니었다. 공격을 하느라 너무 깊이 들어간 장왕의 가슴팍을 향해 섬뜩한 기운이 파고들고 있었다.

파아앗!

섬뜩한 소음과 동시에 붉은 선혈이 허공을 향해 흩뿌려졌다.

"이 간산한 계집년! 옷 속에 갑주를 차고 있었다니!"

장왕의 가슴팍이 크게 갈라지고 거기에서 붉은 선혈이 울컥 뿜어져 나오고 있었다. 당장 죽을 정도의 중상은 아니지만, 이대로 두면 과도하게 피를 흘려 위험해질 게 빤한 상황이었다.

"후우!"

이석약이 차분하게 가라앉은 눈빛으로 장왕을 살폈다. 그녀는 옷 속으로 몸 곳곳에 갑주를 차고 있었다. 가죽으로 만들고 그 위에 쇠판을 덧댄 형식으로 가벼우면서 행동에 크게 제약을 주지 않는 형태의 갑주였다.

바로 담씨세가의 무공을 보고 그것을 응용한 것이었다. 담씨세가의 무공과 명도문의 무공이 서로 비슷한 점이 있다는 것을 깨달은 이석약과 청이문이, 담씨세가의 갑주를 자신들의 무공에 적용하기 위해 고민해 만든 것이었다.

담씨세가처럼 갑주에 기운을 흘려 넣는 것은 할 수 없었지만, 일월쌍도를 이용해 위력을 현저히 죽인 상태에서 받아내는 것은 가능했다. 그리고 그것을 이용해 일월삼십육섬의 발전을 꾀했다.

세월의 흐름에 따라 더 좋은 방향으로 발전에 발전을 거듭하는 것이, 무공이 가진 생리였다. 변화와 발전이 없는 무공은 그 순간 죽은 무공.

현재는 이석약과 청이문 두 사람만이 사용하고 있었지만, 완전히 가다듬어 일월삼십육섬에 완전히 그 방식이 녹아들면 제자들에게도 전수를 할 생각이었다.

어쨌든 그러한 시도는, 지금의 싸움으로 긍정적인 변화였다는 것이 입증된 셈.

“타앗!”

이석약의 일월쌍도가 쉴 새 없이 장왕을 몰아붙이기 시작했다.

“크윽, 끅!”

장왕이 쉴 새 없이 신음을 흘리면서도 온 힘을 다해 이석약의 공격을 받아 냈다. 그러면서도 틈이 생길 때마다 주변을 살폈다. 꽤 심각한 부상을 당한 상태로 거의 동등한 수준의 이석약을 상대하는 것은 죽음을 맞이하는 것이나 다름없는 일. 이럴 때는 일단 몸을 빼고 부상을 치료하는 것이 최우선이었고, 그 기회를 엿보는 것이었다.

그런 장왕을 살피는 이석약이 저도 모르게 고개를 끄덕였다.

‘끝이군!’

지금까지는 아주 신중하게 행동을 하던 장왕이었다. 하지만 지금 장왕은 속마음이 빤히 드러나 보이도록 행동을 하고 있었다.

목숨을 잃을지도 모를 중한 부상을 입고 심리적으로 몰린 상황이 되자, 아까까지 보여 주던 신중함이 모두 사라진 것이었다. 이런 싸움에서 신중한 사람이 신중함을 잃는다는 것은 자신이 가진 가장 강력한 무기를 잃는 것과 마찬가지였다.

천천히 압박을 가하며 달아나려는 장왕의 퇴로만 막으면 손쉽게 일을 끝낼 수 있었다.

'압박을 좀 해야겠군.'

하지만 상황이 그것을 허락하지 않았다. 지금 싸우고 있는 것은 비단 이석약과 장왕만이 아니기 때문이었다. 조금이라도 빨리 장왕을 제압하지 않으면, 산적들과 싸우고 있는 제자들이 그 시간만큼 더 다치기 때문이다.

"하앗!"

이석약이 한층 큰 소리를 내지르며 장왕을 향해 짓쳐 들었다.

"크흡! 이 망할 계집년!"

고통스러워 신음이 튀어나오는 와중에도 장왕은 이석약을 향해 욕설을 퍼부었다.

그는 원래 강서성에서 세 개의 부를 아우르며 흉명을 떨치던 마두로, 원래의 이름은 장우광이었다. 그 세 개의 부 내에 있는 흑도 방파와 산적들 위에 군림하며 막대한 힘을 행사하는 동시에 해당 흑도를 비호하던 인물이었다.

그런데 석 달 전, 갑자기 인근 지역의 정파 세력들은 물론 관에서 갑자기 장왕에 대한 추살령이 내려졌다.

이해할 수 없는 일이었다. 그가 흉명을 떨치는 사파의 거두이기는 했지만, 정파들이나 관부와의 관계가 그리 나쁘지 않았다.

오히려 서로 사람이 상하지 않는 선에서, 적당히 서로의 이득을 챙길 수 있도록 조율해 온 사람이 장왕이었다. 그러니 더욱 이해가 가지 않을 수밖에.

원래 정파 세력들에게 장왕을 칠 힘이 없는 것은 아니었다. 다만, 장왕을 치기 위해서는 자신들도 꽤 큰 피해를 감수해야 했고, 인근의 사파 세력들과 완전히 척을 지는 것도 손해가 막심하기에 하지 않았을 뿐이었다.

그런데 이번에는 그 정파 세력들이 그 피해를 감수하며 장왕을 공격한 것이었다.

만약 그대로 간다면 정파 세력의 삼 할은 궤멸시킬 수 있었지만, 그 대가로 자신의 목을 걸어야 할 상황. 장왕은 어쩔 수 없이 자신의 터를 버리고 몸을 피할 수밖에 없었다.

하지만 황당한 일은 그 후에 벌어졌다. 정파 세력들이 장왕을 몰아낸 후, 장왕의 비호를 받고 있던 흑도 세력들을 공격한 것이었다.

물론, 원래는 양립할 수 없는 정파와 흑도라는 관계를 생각하면 그 자체는 황당한 일이 아니다. 하지만 그렇게 흑도 세력들을 친 후, 갑자기 어디서 본 적도 없던 흑도 방파와 산적들이 곳곳에 자리 잡기 시작한 것이었다.

마치 정파 세력들이 그들의 뒤를 봐주고 있는 듯한 모양새였다. 그 세력들이 자리를 잡을 수 있는 환경을 만들기 위해 장왕과 기존 흑도 세력들을 공격한 것으로밖에 볼 수 없는 상황이었다.

하지만 장왕은 더 이상 그 일에 대해서 관심을 두지 않았다. 괜히 나섰다가는 그때는 정말 목숨을 잃을 거라는 예감 때문이었다.

그렇게 자신의 터를 잃을 장왕은 그 길로 새롭게 자리를 잡을 곳을 물색하기 시작했고, 그 도중에 소규모 산채나 홀로 움직이는 흑도 인물들을 자신의 수하로 받아들인 것이었다. 이름을 바꾼 이유는, 만약 원래의 이름으로 움직이다가 다시 추적을 받을지도 모른다는 생각 때문이었다.

어쨌든 그렇게 여기까지 왔다.

원래의 목적지는 무림 세력이 많지 않은 복건성. 이곳 천태산은 복건으로 들어갈 때까지의 자금을 마련하기 위해 잠시 머문 것이었다.

그런데 처음으로 만난 먹잇감에 되려 죽을 상황에 처했으니 당황스럽기도 하고 화도 난다. 그리고 아무리 봐도 이 여자는 자신이 물러난다고 해서 곱게 보내 줄 눈치가 아니다.

그런 상황에서 장왕이 선택할 수 있는 길은 단 하나였다.

"크아아앗!"

기합이라기보다는 절규에 가까운 일갈을 터트리는 순간, 장왕을 향해 쇄도해 가던 이석약이 갑자기 발을 멈췄다.

"흡!"

이석약은 저도 모르게 헛바람을 들이키며 두 눈을 부릅떴다. 괴성을 질러 대는 장왕의 온몸에서 갑자기 붉은빛이 폭사되고 있었다. 보통 저런 모습을 보이는 경우는 하나밖에 없었다.

'양패구상!'

함께 죽겠다는 의도가 아닌 이상, 저렇게 전신의 공력을 모조리 외부로 발출하며 달려들 이유가 없다.

"큽!"

이석약이 신음을 삼키며 황급히 두 발로 땅을 찍어 방향을 틀었다.

하지만 더 놀라운 일은 다음 순간 벌어졌다. 온몸의 붉은빛에 휩싸인 장왕이 갑자기 방향을 틀어 어디론가 달리기 시작한 것이었다.

정왕의 움직임을 눈으로 쫓던 이석약이 비명 같은 외침을 터트렸다.

"아, 안 돼!"

장왕이 달려간 곳은 다름 아닌 산적들과 명도문 제자들이 난전을 벌이고 있는 방향. 이석약을 노리는 게 아니라, 명도문 제자들을 노리는 것이었다.

"멈춰!"

파바바박!

이석약이 황급히 경공을 펼치며 장왕의 뒤를 쫓았다. 도삭을 펼칠 수 있는 정도의 고수가, 죽음을 각오하고 전신의 공력을 뿜어 대며 날뛴다면 명도문 제자들은 말 그대로 학살당할 수밖에 없었다.

"크윽!"

무슨 수를 써서라도 막아야 했다.

이석약은 공력을 모두 끌어 올렸다. 동시에 난전의 한가운데 있는 청이문을 향해 외쳤다.

"청 사숙, 막아요!"

이석약이 비명처럼 소리를 질렀으나, 일곱 명의 산적들이 청이문을 둘러싸고 있는 상황이었다. 원한다고 해서 몸을 뺄 수 있는 상황이 아니다.

순식간에 난전의 한가운데로 뛰어든 장왕의 서슬 퍼런 칼날이 명도문 제자들을 도륙하기 시작했다.

"크아아악!"

"피, 피해!"

"악!"

단말마의 비명이 난무하고, 뿌려진 피가 운무처럼 뿌옇게 허공을 물들였다.

"으아악!"

제자들의 죽음에 이석약이 비명을 내지르며 두 발에 더욱 힘을 주었다.

쉬우우욱!

단전을 폭발시킬 듯 모든 공력을 쥐어짜는 순간, 이석약의 신형이 흐린 잔상을 남기며 섬전처럼 장왕의 뒤를 향해 짓쳐 들었다.

"죽엇!"

분노와 살기로 일그러진 얼굴로 던지는 절규에 가까운 일갈. 전면을 활짝 개방한 채, 오로지 장왕의 목을 치기 위해 날리는 두 줄기의 사나운 도격.

동시에 등을 보이고 있던 장왕이 급히 방향을 틀었다. 갑자기 뒤돌아선 장왕의 얼굴에는, 방금 전의 행동과는 전혀 어울리지 않는 냉정하기 짝이 없는 표정이 떠올라 있었다.

"걸렸다, 이년!"

더 할 수 없이 차분한 장왕의 목소리가 이석약의 귓속으로 파고들었다.

"흡!"

이석약의 두 눈에 경악의 빛이 어렸다.

'함정!'

흥분한 상황에서 명도문 제자들이라도 죽이겠다는 듯 난전으로 뛰어든 것은, 알고 보니 이석약을 흥분시키기 위한 함정이었던 것이다.

"죽어!"

활짝 열려 있는 이석약의 전면을 향해, 장왕의 칼이 싸늘한 궤적을 그렸다.

'아, 안 돼!'

찰나의 순간, 이석약의 머릿속에 수없이 많은 생각들이 떠올랐다.

여기서 죽을 수는 없었다. 자신이 이대로 죽는다면, 명도문은 복구할 수 없는 큰 피해를 받을 수밖에 없었다.

문파 내의 사람들을 믿지 못해서가 아니었다. 불과 몇 년 전에 장문인이 갑작스레 죽고, 사문의 어른이 배신을 했던 일이 있었던 명도문이었다. 거기에 새로운 장문인마저 갑작스레 죽게 된다면, 제자들이 받게 될 정신적인 충격은 도저히 감당할 수 있는 수준이 아닐 것이다.

하지만 과연 지금 이 순간, 무슨 수로 이 공격을 막아 낸단 말인가.

'갑주!'

일월삼십육섬을 갑주를 이용할 수 있도록 개선을 하고 있

던 이석약은, 배에도 가죽과 쇠판으로 만든 복대와 같은 것을 착용하고 있었다.

'그, 그거라면?'

하지만 아까처럼 위력을 죽이지 않는다면, 지금 배에 차고 있는 정도는 장왕의 칼에 서린 도삭에 종이장처럼 잘려나갈 게 빤했다.

'이기도삭(以氣綯索)!'

담씨세가의 무공처럼, 입고 있는 갑주에 물기성형이나 이기도삭을 구현할 수 있다면 저 공격을 막을 수 있었다.

하지만 그것을 구현한 이는, 이석약이 아는 한도 내에서는 담씨세가밖에 없었다.

이석약은 갑주를 이용해 일월삼십육섬을 개선하려 했고, 그 과정 중에 담씨세가처럼 갑주를 기(氣)로 강화할 수 있으면 하는 생각을 했었다.

그리고 혹시나 하는 생각으로 담기령에게 그 방법을 물어보았었다. 그 정도는 상대의 무공을 파헤치는 것으로 비춰지지 않으리라 생각했기 때문이었다.

그리고 담기령은 아주 흔쾌히 그것을 알려 주었다.

"경맥을 따라 공력이 움직여야 한다는 것은, 이른바 고정관념입니다. 그렇기 때문에 내공을 발출하는 것도, 병장기에 공력을 주입하는 것도 손으로만 가능하다고 여기게 된 것이지요. 그렇다고 경맥의 존재를 부정하는 것은 아닙니다. 그 경맥의 흐름을 따라 움직일 때 공력의 흐름이 가장 자연스러우니까요. 하지만 그것이 반드시 경맥의 흐름만을 따라 공력을 움직여야 한다는 뜻은 아니라는 겁니다. 일단은 그 생각을 지워야 합니다. 공력의 발출은 손은 물론 발이나 머리 등 온몸으로 가능합니다. 경맥이라는 것은, 공력을 도인할 수 있는 무수히 많은 길 중에 가장 편안한 길일 뿐 반드시 그 길만이 정답은 아닙니다. 그 고정관념을 깨는 것이 가장 우선입니다."

담기령에게 들었던 이야기가 뇌리를 스쳤다.

'경맥의 존재에 대한 부정!'

머릿속 생각의 속도는 사람이 상상할 수 없을 정도로 빠르다. 그 모든 생각들이 장왕의 차분한 눈빛을 보는 순간 이석약의 머릿속에서 한꺼번에 진행되었다.

생각을 멈추는 순간, 장왕의 칼날이 이석약의 복부에 닿고 있었다.

"끄아아아악!"

단말마 같은 비명이 이석약의 입에서 터져나왔다.

그아앙!

동시에 귀를 찢을 듯 묵직하고 커다란 굉음이 이석약의

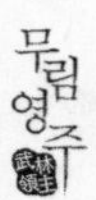

배 어림에서 울려 퍼졌다.

"크어억!"

"아악!"

두 줄기 비명이 터지고, 맞붙었던 두 개의 신형이 서로 반대 방향으로 튕겨나갔다.

어마어마한 굉음에 계곡의 모든 사물이, 마치 시간이 멈춘 듯 동시에 정지했다.

서로 튕겨 나간 두 사람은 아직 정신을 잃지는 않은 듯 어떻게든 일어나려고 몸을 바둥거리고 있었다.

이석약은 윗옷의 앞섶이 불로 태워 버린 듯 사그라져 가슴을 가린 속옷과 배에 감고 있던 복대가 훤히 드러나 있었다. 그중 장왕의 칼에 맞은 복대 부분은, 덧대 놓았던 쇠판과 안쪽의 가죽이 깨끗하게 잘려 나가 그 안쪽 배에도 부상을 입어 피를 흘리고 있었다.

장왕의 상태는 더 심각했다. 가슴팍의 상처에서 피를 왈칵 쏟아 내는 것은 물론, 오른팔이 부러진 듯 기묘한 방향으로 꺾여 기절해 있었다.

난전을 벌이던 이들 모두가 이 기묘한 광경에 멍한 표정을 짓고 있는 사이, 가장 먼저 정신을 차린 사람은 청이문이었다.

"장문인을 보호하라!"

동시에 청이문의 신형이 자신을 에워싸고 있던 산적들 사이를 뚫고, 쓰러져 있는 장왕을 향해 날아들었다.

“모두 물러서라!”

일월쌍도를 장왕의 목에 들이댄 채, 한껏 공력을 담아 던지는 사자후.

“두, 두령님!”

“장 대형!”

갑작스러운 상황에 산적들이 기겁한 표정으로 뒷걸음질을 친다. 산적들은 모두 장왕의 무위를 믿고 패거리에 합류한 자들이었다. 그런 장왕이 적의 수중에 떨어졌으니 모두들 전의를 상실한 표정이었다.

이 정도면 됐다고 판단을 했는지 청이문이 큰 소리로 외쳤다.

“산적들을 모조리 도륙하라!”

뒤이어 터진 호령에 명도문 제자들의 함성이 울려 퍼졌다.

“와아아아!”

양쪽 모두 두령과 장문인이 부상을 입은 상황이었지만, 명도문에는 청이문이라는 존재가 있었고 산적들에게는 그런 이인자가 없었다.

“사, 살려 줘!”

한껏 사기가 오른 명도문 제자들의 기세에 눌린 산적들이

하나둘 무기를 버리고 사방으로 달아나기 시작했다.

"큭, 도, 도망치지 마!"

한두 명 정도 무공이 강한 패거리들이 큰 소리로 외쳐 보지만 산적들은 이미 뿔뿔이 흩어지고 있었다.

그리고 채 일각도 지나지 않아 모든 산적들이 모습을 감추었다.

"장문사질, 괜찮소이까!"

그제야 한숨을 돌린 청이문이 재빨리 윗옷을 벗어 이석약 위에 덮어 주었다.

애써 정신을 붙잡고 있던 이석약이 청이문을 향해 말했다.

"저, 저자를 치료하세요."

"그, 그게 무슨?"

청이문이 이해할 수 없는 표정으로 되물었다. 하지만 이석약은 더 이상 말을 잇지 못하고 그대로 혼절하고 말았다.

황급히 정신을 수습한 청이문이 제자들을 향해 외쳤다.

"여제자들은 장문인을 치료하라. 나머지는 산적들이 다시 올지 모르니, 인원을 나눠 주변을 경계하고 부상자들을 치료하라!"

말이 떨어지기가 무섭게 명도문 제자들이 신속하게 자신의 일을 하기 시작했다. 청이문은 몇 명의 여제자들이 달려와 이석약을 치료하는 것을 확인한 후 장왕에게 다가갔다.

급히 가슴의 부상 주위의 혈을 점혈해 출혈을 막고, 마혈을 찍어 장왕의 움직임을 구속했다.

그런 후에야 맥을 짚어 보니, 미약하기는 하지만 워낙 고강한 무공을 익히고 있던 덕분에 죽음에 이를 것 같지는 않았다.

안도의 한숨을 내쉰 청이문이 주변에 있는 몇 명의 제자를 불러 말했다.

"이자를 치료한 후, 한쪽에 묶어 두어라."

제자들이 장왕을 치료하는 것을 확인한 청이문이 다시 이석약이 있는 쪽으로 다가갔다.

"장문인께서는 괜찮으시냐?"

여제자가 대답했다.

"복부의 상흔은 그리 심각하지 않습니다만, 기혈이 불안합니다."

"뭐?"

깜짝 놀란 청이문이 급히 이석약의 맥을 짚었다.

"으음!"

동시에 청이문의 입에서 신음이 새어 나왔다. 맥이 가늘게 뛰는 것은 물론, 금방이라도 끊어질 것처럼 불안하기 짝이 없었다.

'내상!'

꽤 심각한 내상을 입은 것이 분명했다.

'치료를 위해 머물 수는 없고…….'

여기 가만히 있다가는, 달아났던 산적들이 언제 다시 쳐들어올지 모를 일이었다. 최대한 빨리 이 산을 넘어야 했다.

고민 끝에 결론을 내린 청이문이, 이석약을 치료하던 여제자들에게 말했다.

"수레 두 대를 비워 짐을 다른 수레에 나눠 싣고, 장문인과 저자를 수레에 실어라. 최대한 빨리 산을 넘어야 한다."

7장

각자의 역할

항주부 부도 외곽을 둘러싸고 있는 성벽의 동문에 흔치 않은 광경이 펼쳐지고 있었다.

문을 지키는 수문위사와 위병들은 포권을 하듯 창을 두 손으로 잡고 머리를 숙이고 있었고, 성문 주변의 양민들은 성문에서부터 난 길을 향해 하나같이 무릎을 땅에 대고 머리를 조아린 채 엎드려 있었다.

그리고 대로를 따라 화려한 행렬이 움직이고 있었다.

화려한 가마였다. 앞뒤로 도합 열여섯 명의 건장한 가마꾼들이 가마를 지고 움직인다.

가마의 앞쪽에는 갑주를 갖춰 입은 여덟 기의 기마와 스무 명의 병사들이 보이고, 가마 뒤쪽으로도 똑같은 수의 기마와 병사들이 길을 가고 있었다.

거기에 가마 좌우에도 각각 두 기씩의 기마병들이 사방을 경계하며 가마를 따른다.

어지간히 품계가 높은 관리들이라 해도 엄두도 내지 못할 위용.

빠르지도 느리지도 않은 예의 그 행렬은 그렇게 당당하게 항주부 안으로 들어섰다.

"후우!"

가마의 행렬이 사라진 후, 동문의 수문위사인 오태룡이 짧은 한숨을 내쉬며 고개를 들었다.

"하아!"

뒤이어 그를 따르는 위병들이 순차적으로 고개를 들며 한숨을 내쉬고, 마지막으로 엎드려 있던 양민들마저 몸을 일으켰다.

"오늘만 벌써 몇 번째냐?"

오태룡의 물음에 그의 부관인 양곤이 잠시 눈동자를 굴린 후 답했다.

"네 번째네요."

"어우, 진짜 미치겠네!"

양곤의 대답에 오태룡이 짜증스러운 표정으로 투덜거렸

다. 그 모습을 본 양곤이 기겁을 하며 오태룡을 말렸다.

"어허, 아직 다 안 갔어요!"

"뭐? 지, 진짜냐?"

오태룡이 화들짝 놀라 황급히 제 입을 틀어막다가, 멈칫하며 양곤을 노려본다. 양곤이 재미있어 죽겠다는 얼굴로 오태룡을 보며 키득거리고 있었던 것이다.

"이, 이놈이 감히 나한테 장난질을 치는 게냐?"

"에이, 왜 그러십니까? 장난 좀 친 거 가지고."

두 눈을 부라리며 애써 엄한 표정을 지어 보지만, 그 정도로 기가 죽을 양곤이 아니었다.

두 사람이 함께 동문을 지킨 세월만 해도 어언 십오 년. 이 정도 장난은 예사로 주고받을 정도로 허물없는 사이였다.

"그나저나 이게 도대체 무슨 일이랍니까? 웬 왕부 행차가 이리 많아요? 아침부터 숙왕부에 요왕부, 영왕부, 그리고 방금 전 진왕부까지."

방금 전 어마어마한 위용을 내보이며 지나간 가마의 행렬은, 다름 아닌 태원부 진번국(晉藩國)의 진왕부(晉王府) 세자의 가마였다.

그리고 아침부터 감주부 숙번국(肅藩國), 요녕부 요번국(遼藩國), 대녕부 영번국(寧藩國)이 순서대로 이 동문을 통과했다.

보통 왕부의 사람들은 저렇게 요란을 떨며 멀리 움직이지 않는 편이었다. 사람들의 눈에 띄게 외부로 움직였다가, 괜한 오해를 살 수도 있기 때문이었다.

그런데 오늘은 작정을 한 것처럼 다른 먼 지역의 왕부에서 이곳 항주로 찾아온 것이었다. 그들 모두의 목적지는 다름 아닌 항주부의 오왕부. 게다가 가마에 타고 있는 이들은, 하나 같이 다음 대의 번왕이 될 세자들이었다.

양곤이 무려 십오 년간 이 동문을 지키면서 한 번도 겪어 보지 못한 일이었으니 궁금해 하는 것도 당연한 일이었다.

"음? 내가 어제 너한테 얘기하지 않았더냐?"

두 눈을 끔뻑이며 되묻는 오태룡의 말에 양곤이 못 말리겠다는 표정으로 말했다.

"허, 그럼 어제 말할 게 있다면서 날 불러낸 게 바로 그거였습니까?"

"그래서 얘기하지 않았느냐?"

"허허, 우리 위사님 요즘 들어 점점 건망증이 심해지시네요. 어제 저 불러다가 할 얘기가 생각 안 난다며 술만 마시지 않았습니까?"

"음? 그래?"

"그렇다니까요!"

양곤의 타박에 오태룡이 저도 모르게 헛기침을 하며 얼른

입을 열었다.

"험험, 실은 지금 여기 항주부에 태저 전하께서 와 계신다."

"예? 태, 태자 전하라면……."

"그래 그 태자 전하."

"근데 그게 왕부에서 세자들이 오는 거랑 무슨 관계가 있는 겁니까?"

"태자 전하께서 각 왕부의 세자들을 불러 연회를 열겠다고 하셨거든."

"남경이 아니라 여기 항주에서요?"

양곤이 이해할 수 없다는 표정으로 고개를 갸웃거렸다.

남경의 궁은, 명 건국 당시 홍무제가 사용했던 황국이었다. 그랬던 황궁이 영락제 때 북경으로 천도를 한 이후, 언젠가부터 그 태자가 머무는 곳으로 사용되었었다.

그러니 자금성만큼은 아니라도 남경의 황궁 역시 크고 거대한 장소. 연회를 연다면 당연히 그곳이 더 적합하지 않은가 하는 얘기였다.

"뭐, 그 생각을 우리가 어찌 알겠느냐? 아무튼 그래서 이런 상황이 된 것이고, 오늘은 물론 내일부터도 계속 이런 상황이 있을 것이다."

오태룡의 말에 양곤이 억울한 표정으로 투덜거렸다.

"앞으로 한동안은 술은 없다는 말이군요?"

오태룡이 아쉽다는 표정으로 입맛을 다시며 고개를 끄덕였다. 성문을 지키다 보면 자연스레 생겨나는 공돈으로 거하게 술을 한잔 하는 것이 이곳 수문병들의 유일한 낙이었다.

일반 백성들이야 그럴 만한 여유도 없었고, 오태룡도 양민들의 주머니까지 털 정도로 양심이 없는 사람들은 아니었다. 그저 하루가 멀다 하고 항주로 찾아오는 넉넉한 상인들에게 수고비라며 조금씩 받는 돈이면 충분했다. 따로 재산을 불리는 욕심이 있는 것도 아닌 탓에, 위병들과 함께 술 한잔 나누는 정도는 충분한 금액이었다.

하지만 이렇게 높으신 분들의 행차가 잦으면, 눈치가 보여 그것마저도 힘들어지는 것이었다.

실망 가득한 양곤의 표정을 본 오태룡이, 혀를 차며 말했다.

"그놈 참. 그 정도야 내가 사 주마. 그러니 애들이나 잘 추슬러."

"헤헤, 정말입니까?"

"내가 언제 흰소리 하더냐?"

"크흐흐, 그런 건 아니지요. 그래도 약속은 꼭 지키십시오!"

말이 끝나기가 무섭게 홱 몸을 돌린 양곤이, 어리둥절한

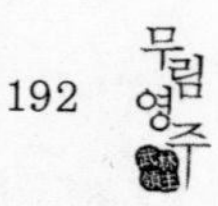

표정으로 서 있는 위병들을 향해 달려갔다.

항주부 오왕부는 항상 고요한 곳이었다. 오련왕 주보겸은 왕부의 모든 일을 세자인 주세광에게 맡긴 후 유람을 떠난 지 오래였고, 왕부의 일을 관장하고 있는 세자 주세광은 항상 조용히 일을 처리하는 탓에 왕부에서 큰 소리가 나올 일이 없었다.

하지만 오늘은 달랐다.

왁자지껄하지는 않지만 끊임없이 웃음소리가 왕부의 담장 밖까지 들린다. 방금 배부르게 먹었어도 허기를 불러일으킬 정도로 향긋한 음식 냄새는 물론, 가끔씩 아름다운 악기 소리도 들려왔다.

벌써 이틀 째 쉬지 않고 이어지고 있었기에, 항주부 내에는 이미 모르는 사람이 없었고 다른 지역에도 소문이 빠르게 퍼지고 있었다.

태자인 주휘량이 각 번왕의 세자들을 불러 연회를 열었기에 생긴 일이었다.

그런 오왕부의 후원, 주세광이 잰 발걸음으로 후원 깊은 곳을 향해 걸어갔다.

“오셨습니까?”

그런 주세광을 맞이한 사람은, 주세광의 손위 처남이자

오왕부의 의위정인 구지섬이었다.

"어떻습니까?"

"이제 조금씩 거동이 가능하게 되었습니다."

"후우, 그거 참 다행입니다. 그런데 그 일은 어찌 되었습니까?"

주세광의 물음에 구지섬이 재빨리 시선을 움직여 주변을 살핀 후 낮은 목소리로 말했다.

"아무래도 그쪽인 듯합니다."

"그쪽이라면, 설마?"

"그렇습니다. 역적들의 하수인인 듯합니다."

"흐음!"

주세광이 저도 모르게 미간에 깊은 주름을 접으며 인상을 찌푸렸다.

"담 련주에게 알려 한시라도 빨리 움직이라 해야겠군요."

구지섬 역시 심각한 표정으로 고개를 끄덕였다.

"저도 세가에 일러 속도를 높이라 전하겠습니다."

"그래 주십시오."

바다 밖, 역적들을 토벌하기 위해 만들어진 외해오적토벌군에 오왕부가 끼어들 자리는 없었다. 하지만 담기령의 배려로 주세광의 처가인 구씨세가에는 기회가 돌아갔고, 그 구씨세가에서 하기로 한 일이 바로 바다로 나갈 배들을 준비하는 것이었다.

그것을 위해 태자인 주휘량이 세간의 이목을 끌기 위해 오왕부에서 연회를 연 것이었다. 주휘량의 연회로 세간의 이목이 항주부에 모이는 사이, 구씨세가에서는 은밀하게 전당강 상류에 배를 모으고 있었다.

그리고 거기에 꼭 필요한 힘을 보태고 있는 이들이 있었으니, 바로 절강무련 소속 방파들이었다.

그들은 바다 위에서의 싸움에 대비해 필요한 물자들을 준비하는 역할을 맡았다. 대량의 물자들이 한꺼번에 이동하게 되면 그 역시 눈에 띄기 때문에, 이번 토벌전에 참가하기로 한 절강무련 소속 방파들이 조금씩 나눠 물자를 준비하고 운반하기로 한 것이었다.

그런데 사흘 전, 예기치 못한 일이 벌어졌다. 사람들의 눈에 띄지 않고 물자를 나르기 위해 육로로 이동하던 명도문이 산적들을 만난 것이었다.

그리고 그 과정에서 명도문 장문인이 이석약이 내상을 입는 바람에, 명도문 제자들이 전단강 상류 쪽으로 물자를 옮기는 사이 이석약은 오왕부에 은밀하게 몸을 숨기고 치료를 하게 되었다.

문제는 이석약을 데리고 온 명도문 제자들이, 낯선 사내를 한 명 더 데리고 온 점이었다.

천태산에서 명도문을 습격한 산적들의 두령인 장왕이었다.

겨우 정신을 차린 이석약의 말로는, 무언가 느낌이 이상하다고 했었다. 특별한 인과도 없이 느낌만으로 낯선 자를 끌고 온 것은, 주세광으로서는 매우 탐탁지 않은 일.

하지만 담기령에게 언뜻 들었던 말에 따르면 이석약은 어떤 일이든 믿고 맡길 수 있을 정도로 일처리가 능한 사람이라 했었다. 그런 사람이 이런 앞뒤에 맞지 않는 행동을 했다는 건, 무언가 있을 가능성이 컸다.

그래서 이석약이 요양을 하는 사이, 구지섬이 장왕이라는 산적에 대해 조사를 하게 된 것이었다.

"이 장문인에게는 말을 했습니까?"

주세광의 물음에 구지섬이 고개를 저었다.

"저도 이제 막 소식을 알아 온 참입니다."

"그럼 이 장문인과 함께 듣도록 하겠습니다. 들어가시지요."

두 사람이 후원의 건물로 들어가 긴 복도를 따라 들어간 곳은, 왕부의 궁녀들이 쓰는 방 중 하나였다. 세간의 눈을 속이기 위해, 일부러 비밀스러운 장소를 사용하는 것보다는 평범한 곳이 좋다고 판단했던 것이다.

"전할 이야기가 있다고 알려라."

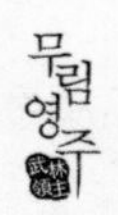

주세광이 방 입구를 지키고 있는 명도문의 여제자에게 말을 하자, 안쪽에서 먼저 대답이 돌아왔다.

"안으로 드시지요."

자연스레 문이 열리고, 퀭한 얼굴의 이석약이 눈에 들어왔다. 병색이 가득한 얼굴로 침상에서 몸을 일으키려 애쓰는 모습에, 주세광이 급히 말했다.

"병중인데 애써 일어날 필요 없네. 그냥 누워 있게."

어지간하면 빈말로라도 괜찮다고 말할 일이었지만, 이석약은 그마저도 포기한 채 침상에 몸을 뉘었다. 억지로 거동이 가능하기는 하지만, 아직은 요양이 필요한 상태였던 것이다.

주세광과 구지섬이 이석약이 누워 있는 침상으로 다가가고, 그사이 방 안에 있던 다른 여제자가 급히 두 사람을 위해 의자를 가지고 왔다.

"그래, 몸은 좀 괜찮은가?"

주세광의 말에 이석약이 힘겹게 미소를 지으며 고개를 끄덕였다.

"왕부에서 보살펴 준 덕에 많이 좋아졌습니다."

"천만다행이군."

"한데 어쩐 일로 직접 행차를 하셨는지요?"

이석약의 물음에 주세광이 구지섬에게로 시선을 돌렸다.

“일전에 이 장문인께서 끌고 온 장왕이라는 자에 대해 알아낸 것이 있어, 저하와 이 장문인께 알려 드리려고 함께 왔습니다.”

그 말에 이석약이 긴장한 표정으로 고개를 끄덕이고, 곧바로 구지섬이 설명을 이었다.

“장왕이라는 자의 본명은 장우광이라는 자로, 강서성 건창부(建昌府), 무주부(撫州府), 광신부(廣信府)의 세 개 부를 지배하던 마두였습니다. 무공 수준으로 따지면 조금 손색이 있지만, 그 세 지역에는 큰 무림 방파가 없기에 가능했던 일인 것 같습니다.”

이석약이 저도 모르게 고개를 끄덕였다.

“겉으로 보여 주는 행동과 달리, 아주 신중하고 심계가 깊은 자라 그것 때문에 이상하게 여겼던 것인데, 진짜 정체가 따로 있었군요. 그런데 그 정도의 거두가 왜 갑자기 자기 구역을 버리고 산적으로 전락한 건가요?”

이야기를 듣던 주세광도 호기심이 동했는지, 빨리 말을 하라는 듯 고개짓으로 구지섬을 재촉했다.

“그게 좀 이상합니다. 장우광은 그 지역 정파 세력들과의 사이가 아주 나쁘지 않았었습니다. 장우광의 영향력 아래에 있는 흑도 방파들과 서로의 이권을 넘보지 않는 동시에 지나친 살상은 벌이지 않는 선에서 공존을 하고 있었습니다. 그런데 어느 날 갑자기 그 정파 세력들과 관부가 힘을 모아 장우광을 공격한 것입니다."

역시 이해할 수 없는 일이었다. 명분으로 보면 한 지역에 정파와 사파 세력이 공존한다는 것은 있을 수 없는 일이었다.

하지만 거대 세력이 자리를 잡지 않는 한, 그런 일은 오히려 비일비재한 편이었다.

정파 세력은 사파 세력의 이권에 대해 시비를 걸지 않고, 사파 세력 또한 관에서 민감하게 반응할 만한 일은 하지 않는 선에서 정파 세력들과 적당한 관계를 유지하는 편이었다.

거기에 더해서, 장우광처럼 조율을 할 수 있는 사람이 있다면 더욱 더 공존의 가능성은 높아졌다.

정파 세력 또한 그런 조율자를 놓치면 상황이 어지러워지는 탓에 어지간해서는 장우광 같은 인물은 건드리지 않는 편이었다.

그런데 갑자기 장우광을 공격했다면 무언가 이유가 있을 터.

구지섬이 그 이유를 풀어놓았다.

"사생결단을 낼 기세로 덤벼드니 장우광은 어쩔 수 없이 몸을 피했다고 합니다. 그런데 그 직후, 정파 세력들이 그 인근 지역의 사파 세력들까지 치기 시작했습니다. 이전에는 한 번도 보여 준 적 없던 정파다운 행동을 한 것이지요."

참지 못한 주세광이 급히 물었다.

"하지만 피해를 감수하면서까지 그런 일을 했을 정도면, 무언가 얻는 것이 더 크다는 뜻이 아닙니까?"

하지만 그것 역시 조금 이상한 일이다. 보통 흑도 세력이 하는 일은 기루와 도박장, 고리대 등이었다. 이런 일들은 정파 세력이 할 수 있는 일이 아니었다.

"더 이해할 수 없는 일은 그다음입니다. 각 지역의 흑도 세력들과 산적들이 궤멸당한 후, 또 다른 흑도 세력과 산적들이 자리를 잡기 시작한 겁니다. 그런데 이전 흑도를 무너트렸던 정파 세력들이, 새로이 들어온 흑도 세력은 건드리지 않았다는 게 문제지요."

들으면 들을수록 더 이해할 수 없는 이야기였다. 이번에는 이석약이 물었다.

"정파 세력들이 그 흑도들을 배후에서 조종하는 것이 그리 쉬운 일은 아니지 않나요? 그런데 그 새로운 흑도 세력의 자리를 만들기 위해 기존에 있던 세력들을 몰아내는 건 뭔가 앞뒤가 안 맞는……. 호, 혹시?"

궁금증을 쏟아 내던 이석약이 갑자기 말꼬리를 흐리더니, 두 눈을 크게 뜨고 구지섬을 보았다.

이석약이 뭔가 깨달은 것 같은 반응을 보이니, 여전히 상

황을 이해하지 못한 주세광은 더욱 답답한 표정이 되었다.

그 사이 구지섬이 이석약을 향해 고개를 끄덕이고, 이석약의 입에서 마지막 궁금증이 풀렸다.

“그 바다 밖에 있다는 역적들이 중원 곳곳에 자신들의 병력들을 산적이나 흑도의 모습으로 심어 두고 있다고 들었습니다. 어쩌면 그들이 아닐까 싶은데요?”

확인은 구지섬의 입에서 나왔다.

“맞습니다. 그 새로운 흑도 세력들을 조사해 본 결과, 과거가 나오는 자가 없더군요. 과거가 있다 해도, 중간에 사오년 정도의 공백이 있었습니다.”

주세광이 크게 고개를 끄덕였다.

“그렇다면 그 역시 역적들의 병력이라는 뜻이고, 이걸 다시 생각하면 그 정파 세력들과 관부까지도 역적들과 손을 잡았다는 말이 된다는 겁니까?”

“그렇습니다.”

“허, 이거 우리도 어서 빨리 일을 진행해야겠습니다.”

“예, 일단은 담 련주에게 소식을 전하고 본가에서 진행중인 일도 속도를 높이겠습니다.”

서로를 향해 고개를 끄덕이는 세 사람의 얼굴이 한층 무겁게 변했다. 역적들이 가지고 있는 저력이 그만큼 대단하다는 뜻이었고, 하루라도 빨리 토벌을 시작해야 한다는 뜻. 그리고 그 말은 결국 이쪽의 피해가 훨씬 커진다는 의미였다.

그렇다고 물러날 수도 없는 일.

"필요한 일은 우리가 할 테니, 이 장문인은 요양에 힘을 쓰도록 하게."

인사를 마친 주세광과 구지섬이 급한 걸음으로 방을 빠져 나갔다.

8장

무력시위

"정말 전광석화처럼 일이 진행되더군요."

말을 건네는 구여상의 묘한 어투에 백무결이 고개를 갸웃거리며 물었다.

"어째 말 속에 뼈가 있는 것 같습니다만?"

되돌아오는 물음에 구여상이 저도 모르게 피식 웃었다. 말에 다른 의미를 담은 건 분명하지만, 이렇게까지 대놓고 받아치니 괜히 말이 궁해진 것이다.

'하긴…….'

백무결과 은밀하게 일을 추진한 지가 벌써 한 달이었다.

당연히 이런 백무결의 성격도 알고 있었다. 하지만 알고 있다고는 해도 늘 이렇게 직접적으로 받아치는 것은 도무지 적응이 안 되었다.

"백 단주…… 아니, 백 문주께서는 이전까지만 해도 서하단을 서하문으로 만들 생각이 없다고 하시지 않았습니까? 그런데 이제 겨우 한 달이 지났을 뿐인데 일의 진척 속도가 마치 미리 준비하고 있었던 것 같아서 드린 말씀입니다. 너무 불쾌해하지 마십시오."

"그 일은 하 부단주가 오래전부터 생각을 하고 은밀히 준비를 하고 있던 모양이더군요."

"부단주께서는 그 일에 꽤 욕심이 많았던 모양입니다. 아무리 준비를 했다고는 해도, 자금이며, 지역이며 고민해야 할 문제가 만만치 않은데 말이지요."

"뭐, 오래전부터 이야기를 했던 일이라 그렇지요."

백무결의 대답에 구여상은 고개를 끄덕이면서도 속으로는 묘한 아쉬움을 느꼈다.

'이 정도 진척 속도라면 자금부터가 만만치 않지. 분명 떳떳한 자금은 아닐 텐데……. 백 단주는 모르는 눈치군. 흠, 하세견이 그 정도로 욕심이 있는 사람이었으면 미리 손을 좀 써 둘 걸 그랬어.'

구여상은 무림맹 내에서 나름의 입지를 굳혀 가고 있었다. 하지만 아주 확고할 수는 없는 자리였다. 바로 자신의 배경

이 없기 때문이었다.

그런 의미에서 서하단은 구여상이 자신의 배경으로 이용하기에 꽤 쓸 만한 집단이었다. 하지만 이제는 완전히 하나의 문파로 거듭나는 중이니 더 이상 손을 쓰기는 애매했다.

어쨌든 더 이상 거론할 이야기가 아니었기에 구여상은 화제를 돌렸다.

"이제 슬슬 입질이 올 때가 되지 않았습니까?"

그 말에 백무결이 진중한 얼굴로 목소리를 낮춰 말했다.

"마침 네 마리 미끼를 물었더군요."

"흐음……."

"구 부각주는 어떻습니까?"

"저는 아직 시간이 좀 걸릴 듯합니다."

"그럼 일단 제 쪽에 걸려든 놈들부터 말씀을 드릴 테니, 그들을 중심으로 잡아 보시지요."

백무결의 말에 구여상이 갑자기 손을 들어 올렸다.

"아닙니다."

"아니라니요?"

"백 문주가 던진 미끼에 걸려든 자들이 누구인지 알게 되면, 저의 평가가 냉정해질 수 없습니다."

"아, 그렇기는 하겠군요."

"그러니 일단은 저의 작업이 끝난 후에, 서로 가지고 있는 것을 비교해 보도록 하지요."

"알겠습니다."

지금 두 사람이 이야기는 구파 가운데 숨어 있는 간자를 색출하는 일에 대한 내용이었다.

한 달 전, 무림맹으로 돌아온 백무결은 구여상과 밀담을 가졌었다.

당시 나눈 이야기의 골자는, 어떻게 하면 간자를 색출해 낼 수 있겠는가 하는 것이었다. 그리고 그에 대한 해답으로 두 사람이 합의한 결론은, 각자의 방법으로 범위를 좁혀 진짜 간자를 가려내는 것이었다.

그중 구여상의 계획은, 관명각의 어마어마한 분량의 기록을 이용하는 것이었다.

무림의 세력은 결국 사람이 모인 집단이다. 사람이 모이는 것은 곧 힘이 모인다는 뜻이다. 그리고 그 힘이 강하면 강할수록 많은 양의 재물이 발생하게 된다.

이것을 역으로 생각하면, 무림 세력은 결코 재물의 흐름에서 자유로울 수 없다는 뜻이었다.

물론, 아무리 방대한 무림의 기록들을 보관하고 정보를 관리하는 관명각 부각주의 자리에 있다고 해도 각 문파 내부의 자금 흐름을 볼 수 있는 방법은 없었다.

관명각은 무림맹이 적으로 규명한 세력들을 견제하고 무

림맹의 이득을 만들기 위해 정보를 다루는 곳이지, 내부를 감시하기 위해 정보를 다루지는 않기 때문이었다.

하지만 외부로 드러난 일들에 대해서는 아주 자세하게 기록되어 있었다.

만약 구파 중에서 간자가 있다면, 그 기록들 중 분명 모순된 자금의 흐름이 나올 터였다.

당연한 듯 보이는 무수히 많은 일상에 대한 인과와 배경 등을 고려하여 허점을 찾는 것이 결코 쉬운 일은 아니겠으나 구여상의 머리라면 충분히 가능한 일이었다.

그리고 백무결이 사용한 방식은 그물을 던져 놓고 걸려들기를 기다리는 것이었다. 그러기 위해서는 두 가지 과정이 필요했는데, 하나는 간자들의 심리를 흔들어 놓는 것이었고 다른 하나는 불안해진 간자들이 반응할 수밖에 없는 미끼를 던지는 것이었다.

백무결은, 의천각 회의에 나가 무림맹에 간자들이 숨어 있다는 사실을 알게 되었으며, 그와 관련된 신빙성 있는 정보를 구여상에게 넘겼다고 공표했다. 첫 번째 과정인 간자들의 심리를 흔들기 위해서였다.

당연히 그것이 어떤 정보인지는 알려 주지 않았다. 그리하면 간자들은, 그 정보가 진짜인지 그리고 자신을 가리키는 정보가 아닌지 궁금하고 불안해질 수밖에 없었다.

그리고 두 번째 과정으로 서하단이 서하문이라는 이름으로 개파를 할 것이라 천명하며, 많은 도움을 부탁했다. 바로 자신에게 다가올 빌미를 제공해 준 것이다.

불안해진 간자들이 정보의 실체를 알기 위해 노력할 것은 당연한 일.

하지만 구여상에게는 섣불리 접촉했다가는 역으로 자신의 정체가 탄로 날 위험이 있었다. 그렇기에 백무결은 자신을 내놓은 것이었다. 간자들이 자신에게 접촉하는 것이 자연스러워 보일 수 있도록 길을 만들어 준 것이었다.

그리고 그 성과가 지금 드러나고 있다고 말한 것이다.

잠시 생각하던 구여상이 조심스레 물었다.

"하지만 놈들도 아주 조심하고 있을 텐데 꽤 빨리 범위를 좁혔군요?"

간자들도 바보가 아니다. 머리가 둔한 자들이었다면 지금까지 정체를 숨기지도 못했을 것이다. 본인이 머리가 좋든, 머리가 좋은 조언자를 두고 있을 게 빤했다. 그러니 백무결의 의도를 짐작하고 섣불리 움직이지는 않으리라는 얘기였다.

"알고 있습니다. 그래서 저에게 접촉해 온 자들 외에도 모든 구파의 수장들을 만나 보았습니다."

어쨌든 간자들은 백무결이 가진 정보의 실체를 알고 싶어

애가 달아 있을 터였다. 거기에 더해, 백무결은 지금까지의 행보로 인해 훌륭한 무인이라는 인정을 받으면서도 머리가 좋거나 눈치가 빠른 사람이라는 인식은 없었다. 그것은 간자들로 하여금 백무결은 조금은 얕잡아 보게 만들 수 있었고, 그것은 놈들의 실수를 부를 수 있는 일종의 함정이 되는 셈이었다.

그렇기에 백무결은 모두를 직접 만나서 이야기를 해 보았고, 그중 의심스러운 몇 명을 추려 낸 것이었다.

백무결의 말에 구여상이 고개를 끄덕이며 대꾸했다.

"그럼 일단은 조금 더 기다려 주십시오. 놈들이 워낙 은밀하고 교묘하게 행동을 한 탓에 제대로 된 사실을 추려 내는 데 시간이 좀 걸리는군요."

백무결이 그 정도야 힘든 일 아니라는 듯 흔쾌히 고개를 끄덕이다가 갑자기 뭔가 생각난 듯 물었다.

"그런데, 제가 지금까지 생각을 못하고 있었습니다만 구부각주를 해하려는 시도를 할 수도 있지 않습니까?"

"걱정 마십시오. 그날 의천각 회의가 끝나자마자 맹주님과 사대세가에서 저에게 호위를 붙여 주었습니다."

"그렇다면 다행입니다."

"그나저나……. 요즘 친구 분의 행보가 심상치 않던데, 그 이유를 혹시 알고 있습니까?"

"친구? 누구 말입니까?"

"절강의 담기령 가주 말입니다."

"그 친구가 무슨 일이라도 벌였습니까?"

백무결이 금시초문이라는 얼굴로 오히려 되물었다.

"요즘 갑자기 무력시위를 하고 있지 않습니까?"

"무력시위라니요?"

"소식을 전혀 듣지 못하신 모양이군요."

"자세히 말씀해 보시오."

대답을 재촉하는 백무결의 모습에 구여상이 저도 모르게 어깨를 으쓱거렸다. 지난 한 달간 보아 온 백무결의 성격이 그대로 드러나고 있었기 때문이다.

한 가지에 집중하면 주위를 전혀 돌아보지 않는 저돌적이면서도 굳건한 성격이, 구여상이 보아온 백무결의 가장 큰 장점이자 단점인 부분이었다.

지금 이야기하는 담기령에 대한 것도 마찬가지다.

한 달째 무림맹 수뇌부와 많은 접촉을 하고 있는데, 최근 들어 무림맹 수뇌부들의 시선을 가장 많이 끌고 있는 일에 대해서는 전혀 모르고 있지 않은가.

"한 보름 전부터였던 것 같군요. 담 가주의 무력시위가 시작된 지가."

"보름이나 됐단 말입니까? 그나저나 무슨 짓을 하기에 무력시위라 하는 겁니까?"

"처음에는 아무도 담씨세가의 행사에 그리 시선을 주지 않았었습니다. 별거 아닌 일이었으니까요."

구여상은 그렇게 운을 떼며 이야기를 풀어놓았다. 그가 말한 대로 처음에는 정말 그리 시선을 끌 만한 일은 없었다.

보름 전, 호광성 남부에 자리한 꽤 큰 규모의 산채가 하룻밤 사이에 초토화되는 사건이 있었다. 그 다음 날 아침, 지역 관청으로 그 채주와 간부급 무인들을 줄줄이 꿰어 끌고 온 이들이 바로 절강성 담씨세가였다.

산에 자리하고 있던 산채 하나 무너트린 것 정도는, 무림 전체에서는 그리 큰 사건이 될 수 없었다. 다만 조금 의아했던 것은 절강성의 담씨세가 무인들이 왜 갑자기 호광성에 모습을 드러냈는가 하는 점이었다.

그리고 다들 특이하다고 생각했던 것 하나, 담씨세가의 무인들이 하나같이 어깨와 팔뚝, 종아리에 부분적으로 똑같은 모양의 갑주를 걸치고 머리에 투구를 쓰고 있었다는 점이었다.

무림인들도 자신을 보호하기 위해 호구(護具)를 사용하는 일이 없는 것은 아니었다.

하지만 대부분 팔뚝을 보호하기 위한 비구나 심장을 보호하기 위한 호심경(護心鏡)을 착용하는 정도지, 이렇게 치렁

치렁 온몸을 가리지는 않았다. 몸이 무거워지고 움직임에 제약이 생기는 탓이었다. 그러니 대부분의 무림인들 눈에는 이상하게 보이는 것이 당연한 일. 혹자는 무림의 일원으로 저렇게 겁을 집어먹은 모습을 낯부끄러워하기도 했다.

어쨌든 그런 담씨세가가 무림맹 수뇌부의 시선을 끌기 시작한 것은 그로부터 닷새가 지난 시점, 그러니까 열흘 전의 일이었다.

담씨세가는 처음 모습을 드러낸 호광성 남부에서부터 꾸준히 북으로 이동을 했는데, 하루에 하나씩 지역의 산채나 수채를 토벌하며 움직였다.

그러다 닷새 만에 맞닥트린 세력이 바로 천잔방이라는 흑도 방파였다. 인근 두 개 부를 장악하고 있는 중견급 방파로, 꽤 긴 시간 지역을 장악하고 있던 자들이었는데, 그 천잔방마저도 이전의 산채들과 마찬가지로 하룻밤 만에 멸문하고 만 것이었다.

천잔방은 중견 규모이기는 해도 그 방주는 초절 수준의 무인이었고, 그 아래 당주급들 또한 모두 절정의 무위를 지닌 꽤 강한 저력을 지니고 있었다. 그런 천잔방이 하룻밤 사이에 몰살을 당했으니 이는 꽤 커다란 파급력을 지닌 사건이었다.

사실 천잔방은 몇 년 전부터, 그 인근에 자리한 정파 세

력들이 무림맹에 토벌을 해 달라 청해 왔던 방파였다.

하지만 무림맹에서는 크게 득이 되지 않는 일에 사람과 돈을 쓰는 것이 탐탁지 않아 이런저런 핑계로 차일피일 미뤄 왔었다. 그런 천잔방을 담씨세가가 밀어 버렸으니 모두의 시선이 모일 수밖에.

더군다나 담씨세가는, 절강무림의 규합하고 왜구들을 막는 큰일을 했다고는 해도 세가 자체가 갖고 있는 저력이 그리 높게 평가되지 않았었다. 어디에나 있는 촌구석 세가가 운 좋게 큰일을 했다는 평가가 지배적이었다.

겨우 한 개 현을 차지하고 있을 뿐인 소규모 세가가 두 개 부(府)를 차지하고 있는 천잔방을 무너트렸으니, 모두가 놀라는 것이 당연한 일이었다.

담씨세가로서는, 무림에 매우 강력한 인상을 남기며 출사표를 던진 셈이었다.

어쨌든 그 사건으로 인해 담씨세가는 전 무림의 시선을 한 몸에 받게 되었다. 하지만 담씨세가의 행보는 천잔방에서 그치지 않았다. 원래의 북상 경로를 그대로 유지한 채 마주치는 산적들이나 흑도 방파를 모두 밀어내며 북으로 밀고 올라왔다.

그렇게 북상 열흘째가 되었을 때, 무림맹은 새로운 사실을 깨닫게 되었다. 담씨세가가 현재의 경로로 계속 북상을 할 경우 무림맹 총타에 닿게 된다는 사실이었다.

즉, 담씨세가는 호광성 남부에서부터 사파 세력들을 모두 밀어내며 무림맹을 향해 달려오고 있었던 것이다.

"이러니 무력시위라고 말할 만하지요."

"확실히 그렇기는 하군요."

구여상의 설명에 백무결도 고개를 끄덕였다. 단순히 무림맹을 향해 오는 것이라면 그런 생각을 않겠지만, 세가의 무인들을 이끌고 사파 세력들을 치면서 올라온다는 건 확실히 어떤 의도를 가지고 하는 행동이었다.

게다가 말이 좋아 오는 길에 있는 사파 세력을 치는 것이지 하루가 멀다 하고 전투를 벌이고 있었다. 아무리 단련된 무인이라도 버티기 힘들 정도의 강행군이었다.

굳이 그런 일을 하면서까지 무림맹에 찾아온다는, 무림맹에 분명한 목적이 있는 것이다. 그러니 무력시위라는 평가는 절대 과한 것이 아니었다.

백무결이 도통 짐작이 가지 않는다는 표정을 짓는 사이, 구여상이 뭔가 재미있다는 듯 피식 웃으며 말했다.

"덕분에 요즘 남궁 가주께서 아주 곤욕스러워하시지요."

"남궁세가 말입니까?"

"예, 남궁세가가 담씨세가와 가까이 지냈다는 사실은 다들 알고 있지 않습니까? 그러니 모두들 남궁 가주에게 달려가 담씨세가가 왜 저러는지 묻지만, 남궁 가주도 그걸 모르는 모양이더군요."

이런 정도의 무력시위라면 절대 가벼운 목적은 아닐 터. 현재 무림맹 수뇌부는 그런 담씨세가의 의도를 파악하느라 골머리를 앓고 있는 중이었다.

"구 부각주가 보기에는 무슨 의도인 것 같습니까?"

"저도 짐작하기가 힘듭니다만, 한 가지는 분명하겠지요."

"뭐가 말이요?"

"백 문주께서 얻은 그 정보의 출처가 담씨세가가 아닙니까? 그러니 그와 관련된 것이겠거니 하는 정도입니다."

백무결도 고개를 끄덕였다.

"확실히 그것 말고는 없겠구려."

"하지만 아무리 봐도 미리 걱정할 필요는 없을 듯합니다."

"그건 또 무슨 이유입니까?"

"무력시위이기는 하지만 실제적으로 무림맹에 위해를 가하지는 않고 있습니다. 목적이 뭔지는 몰라도, 무림맹에 어떤 협력을 구하기 위한 게 아니겠습니까? 그러니 미리 걱정을 할 필요는 없지요. 다만, 한 가지 신경 쓰이는 것이 있기는 합니다."

"뭡니까?"

"담씨세가가 무너트린 사파 세력들 중에, 천잔방을 포함해 그동안 중소 방파들이 무림맹에 징치해 달라 요청했던 세력이 세 군데나 있습니다. 그로 인해 해당 방파들이 담씨세가에 대해 우호적인 시선을 보내고 있습니다. 이는 반대로 말하면, 그동안 무림맹이 해결해 주지 못한 일을 대신 해 준 셈이기 때문에 무림맹의 입지가 곤란해진 부분이 있다는 거지요."

구여상이 말하고자 하는 바를 알아들은 백무결이 확인하듯 물었다.

"협력을 구하기는 하지만 '부탁'의 형식이 아니라, '요구'나 '강요'의 형식이 될 것 같다는 말입니까?"

"그런 느낌이 강합니다. 뭐, 맹주님이나 수뇌부에서는 아직 확실하게 거기까지는 생각지 못한 눈치기는 합니다만, 뭔가 불안하다는 느낌은 받은 모양입니다."

그 말에 백무결이 저도 모르게 고개를 갸웃거렸다.

"그럼 구 부각주께서 아직 그 이야기를 하지 않았다는 말입니까?"

"예, 아직은 하지 않았습니다. 평소라면 제가 아니라도 제갈가주가 이야기를 했겠습니다만 아직까지 입을 다물고 있더군요. 아마 남궁 가주 때문인 것 같습니다."

"남궁 가주도 무슨 일인지 모른다 하지 않았습니까?"

백무결이 이해를 못하겠다는 얼굴로 물었다.

"의도를 알지는 못하지만, 남궁세가와 담씨세가는 꽤 가까운 사이가 아닙니까? 확인된 바는 없습니다만, 남궁세가가 담씨세가를 처음 만났을 당시, 담 가주를 사위로 들일 생각도 잠시 했다 하더군요. 뭐, 어쨌든 담 가주의 동생은 제 오랜 친구이기도 한 터라 저도 일단은 입을 다물고 있습니다. 개인적으로……."

구여상이 슬쩍 말꼬리를 흐렸다가 다시 말을 이었다.

"조금 섭섭한 일이 있기는 합니다만, 원한을 품은 것도 아니니까요."

"하지만 구 부각주는 맹주의 사람이 아닙니까?"

"맹주님의 도움을 얻기도 했고, 구파에 더 유리한 일들을 하기는 했습니다만……. 확실히 어느 쪽 사람이라고 하기는 힘들지요. 저에게는 별다른 배경이 없지 않습니까? 그래서 이번 일은 그냥 지켜보고 싶은 입장인 겁니다."

"알겠습니다. 제 개인적으로는, 담 가주를 도와주는 셈이 되는지라 감사하군요."

"하하하, 그런 이야기를 하지 않는다고 해서 특별히 돕는 건 아니지요. 다만, 구파 쪽에서는 불안감이 현실이 되면서 꽤 놀라기는 하겠지요. 어쨌든 알든 모르든 바뀌는 건 없으니 그냥 두는 것뿐입니다."

“알겠습니다. 그럼 언제쯤이면 작업이 끝날 것 같습니까?”

“앞으로 열흘 정도 시간이 더 필요합니다.”

“예, 그럼 그때 다시 이야기를 하도록 하지요. 저도 그때까지 다른 이들을 좀 더 만나 보고 더 확실하게 범위를 좁혀 놓도록 하겠습니다.”

“그런데 공교롭게도 그 열흘 후쯤에 담 가주가 무림맹에 도착할 것 같습니다. 담 가주가 그걸 노리지는 않았을 텐데 시기가 재미있게 맞아 떨어지는군요. 그럼 그때 다시 이야기를 하도록 하지요.”

“알겠습니다. 살펴 가십시오.”

구여상이 떠난 후, 백무결은 홀로 고민에 잠겼다. 아무런 기별도 없이 갑작스러운 일을 벌인 담기령 때문이었다. 하지만 아무리 고민을 해도 무슨 의도를 가지고 움직이는지 알 수가 없었다.

꽤 긴 시간 홀로 고민하던 백무결은 결국 짙은 한숨과 함께 고개를 설레설레 저었다.

‘이유가 있겠지.’

“꽤 피로가 쌓였을 것 같은데 어떻든가요?”

담기령의 물음에 세 사람이 대답했다.

"아직은 괜찮습니다."

"누구 하나 빠지고 싶다고 하는 놈들이 없더군요."

"앞으로 사흘은 더 움직일 수 있습니다."

담씨세가 외삼당의 세 당주 윤명산, 백우섭, 권일이었다.

과거 세가의 외당에 속해 있던 세 개의 향이, 지금은 세 개의 당으로 그 규모가 커진 것이었다.

현재 담씨세가의 전체 무인 수는 대략 일천 명. 그 일천 중에서 언제든 전장에 투입이 가능한 무인은, 용천무관에서 수련 중인 삼백의 무인을 제외한 칠백 명이었다.

외삼당은 율천당이 삼백, 순지당과 숭인당이 각각 이백의 무인으로 편성되어 있었다.

각 세 개의 당은, 용천현 본가인 담가숭택에 순지당이, 처주부도 평원장에 숭인당, 세가에서 운영 중인 평원표국에 율천당이 자리를 잡고 있었다.

그중에서 가장 정예를 꼽으라면, 윤명산의 율천당이었다. 무인들 모두가 표국의 표사로 있었던 덕에 끊임없이 중원을 누비며 크고 작은 많은 싸움을 겪으며 무수히 많은 실전 경험을 해 보았기 때문이다.

표국의 표행 중에 생기는 분란이 얼마나 대단하겠느냐 생각할 수도 있었지만, 아무리 작은 싸움이라도 그것을 겪으면서 얻는 감각은 절대 무시할 수 없는 것이었다.

어쨌든, 그중 담기령이 이번에 데리고 온 무인은 모두 삼백이었다. 각 당에서 백 명씩을 추려 내 이번 원정길에 동원한 것이었다.

그리고 그 삼백이 지난 보름 동안 하루가 멀다 하고 전투를 치르고 있었다. 지금쯤이면 체력이 완전히 고갈될 때가 되었기에 물어본 것이었다.

세 사람 모두 괜찮다고 대답을 했지만, 무인들만이 아니라 세 당주의 얼굴에도 잔뜩 피로가 쌓여 있었다. 지난 보름간의 일정은 그만큼 강행군이었다는 뜻이었다.

세 당주의 대답을 들은 담기령이 짧은 고민 끝에 결정을 내렸다.

"오늘까지만 전투를 치르고, 내일은 좀 쉬도록 합시다."

"예, 가주님!"

세 사람 모두 일말의 주저함도 없이 대답을 하고는, 뒤쪽에 도열해 있는 무인들을 향해 달려갔다.

"형님, 왔습니다!"

크고 작은 키의 두 사내가, 문을 박차고 들어오며 다급한 목소리로 외쳤다. 동시에 거구의 사내가 벌떡 몸을 일으켰다.

"정말 그놈들이더냐!"

"맞습니다. 소문에 듣던 그놈들이 분명합니다!"

"크음!"

거구의 사내가 와락 인상을 구기며 주먹을 불끈 쥐었다. 안으로 들어온 두 사내의 얼굴에도 고민스러운 표정이 역력했다.

"설마 우리까지 치려고 할 줄이야……."

"이미 예상했던 일이 아닙니까?"

세 사람 백곡산 산채의 채주 왕일천과 그의 두 명의 의형제이자 부채주인 장이천과 백삼천이었다.

거구의 사내가 왕일천, 오척 단구의 키가 작은 자가 장이천, 키가 크고 날카로운 인상의 사내가 백삼천이었다. 원래의 이름이 아니라 십 년 전 의형제를 맺으면서, 순서대로 개명한 것이었다.

그리고 지금 세 사람이 곤혹스러운 표정으로 인상을 찡그리고 있는 이유는, 최근 인근의 산채나 흑도방파를 토벌하고 다니는 한 무리의 무인들, 담씨세가 때문이었다.

"서하단 놈들도 우리는 그냥 지나쳤건만!"

왕일천이 한층 더 인상을 구겼다.

중원 곳곳에 자리한 산적들은 그 운영 방식에 따라 두 부류로 나뉜다.

그중 하나는 산에 자리를 잡고 길목을 막은 채 적당한 정도의 통행료 정도만 받고 살생을 자제하는 부류였고, 또 다른 부류는 무조건적인 약탈은 물론 살생도 서슴지 않으며 인근 마을까지 직접 내려가 노략질을 자행하는 자들이었다.

그중 왕일천이 이끄는 백곡산 산채는 전자에 해당했다. 그렇기에 백무결의 서하단도 이들과는 크게 부딪치지 않고 그냥 지나갔었다.

그런데 지금 이곳으로 향해 오고 있다는 담씨세가 놈들은 달랐다. 흑도의 색을 조금이라도 입고 있다면 무조건 달려들어 하룻밤 사이에 초토화시키는 것이었다.

그리고 오늘이 바로 백곡산 산채의 차례였다.

왕일천이 장이천을 향해 무거운 목소리로 물었다.

"놈들에 대해서는 알아보았고?"

"예, 절강성에 있는 담씨세가라 하더군요."

"담씨세가?"

왕일천이 처음 들어 봤다는 표정으로 고개를 갸웃거렸다. 옆에 있던 백삼천 역시 같은 표정으로 장이천을 보았다.

"거기 가주가 절강무련의 련주라고 하더군요. 게다가 소문에는 절강성에 창궐하던 왜구들을 담씨세가의 주도로 다 막았다는 이야기도 있었습니다."

"아무리 그래도 지금까지 별로 이름도 알리지 못한 걸 보면 그리 크지도 않은 놈들인데, 그놈들이 어찌 천잔방을 무너트렸단 말이냐?"

"소문에는 그들 단독으로 했다는 말도 있지만, 관에서 함께 움직였다는 말도 있었습니다만……."

"아무리 그렇다 해도……."

왕일천이 말끝을 흐리며 고심에 잠긴다. 그의 두 아우 역시 깊은 고민에 잠겼다. 사실 며칠 전부터 해 왔던 고민이었다. 자신들의 차례가 되면 산채를 버리고 몸을 뺄 것이냐, 아니면 놈들과 맞서 싸울 것인가.

그렇게 한참을 고민하던 왕일천이 갑자기 벌떡 일어났다. 그리고는 방 안쪽에 놓인 커다란 상자로 성큼성큼 걸어간다.

"혀, 형님!"

"서, 설마?"

장이천과 백삼천이 흠칫 놀란 얼굴로 외치는 사이, 왕일천이 벌컥 상자를 열고 안에서 무언가를 꺼낸 후 다시 돌아와 탁자에 놓았다.

"집어라."

왕일천의 말에 두 아우가 바짝 긴장한 얼굴로 마른 침을 꿀꺽 삼켰다.

탁자에 놓인 것은 한 자루의 선장과 두 자루 장검이었다. 아무 데서나 흔히 볼 수 있는 병장기가 아니었다. 소림의 나한장, 무당파의 태극검, 화산파의 매화검이었다. 세 자루 병장기 모두, 사문에서 무위가 수준급에 이르러야만 받을 수 있는 각 문파의 독문병기들이었다.

왕일천의 말에 장이천과 백삼천이 잠시 숨을 고른 후 고개를 끄덕이며 손을 움직였다. 왕일천이 나한장을, 장이천이 매화검을, 백삼천이 태극검을 쥐었다.

왕일천이 자신의 나한장을 손으로 쭉 쓸어 올리며 말했다.

"당장 몸을 빼는 것이 가장 안전한 선택이라는 건 나도 안다. 하지만 여기 산채는 우리가 꽤 공을 들이지 않았더냐. 게다가 여기만큼 안전한 곳도 없지. 그러니 해볼 수 있는 데까지는 해보자. 하지만 조금이라도 위험하다 싶으면 그대로 몸을 빼고 약속한 장소에서 보는 것으로 하자꾸나."

왕일천의 무거운 목소리에 장이천과 백삼천이 천천히 고개를 끄덕였다.

"예, 대형."

"그럼 가자."

"색다르군요."

담기령의 말에 윤명산과 백우섭, 권일 세 사람이 동시에 고개를 끄덕였다. 눈앞에 펼쳐진 백곡산 산채 산적들이 만들어 놓은 광경 때문이었다.

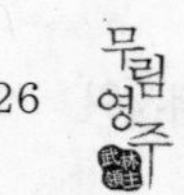

지금까지 만났던 적들은 대부분 목책이나 장원의 담장 등의 지형지물을 이용해 방어에만 치중하는 모습들이었다. 하지만 지금 눈앞에 있는 백곡산 산적들은 그 목책을 뒤로 하고 밖으로 나와 싸울 태세를 갖추고 있었다.

즉, 방어가 아닌 적극적인 공격을 택한 것이었다.

담기령이 그중 가장 선두에 서 있는 세 사람을 가리키며 윤명산에게 물었다.

"저들이 든 병장기들이 좀 독특한데, 눈에 익은 물건들이 있습니까?"

윤명산이 곧장 대답했다.

"그렇지 않아도 말씀드리려던 참입니다. 가운데 거구의 사내가 들고 있는 건 소림의 나한장이고, 키 작은 사내는 화산파의 매화검, 키 큰 사내의 손에 들린 것은 무당파의 태극검입니다. 각 문파에서 훗날 문파의 기둥이 될 자질을 지닌 동시에 꽤 높은 수준이 이른 제자들에게만 내리는 무기들입니다."

윤명산은 평원표국의 총표두 자리에 있으면서 무수히 많은 표행에 참가해 중원 곳곳을 돌아다니며 많은 견문을 익혀왔다. 담기령이 윤명산의 율천대를 평원표국에 배치한 이유도 바로 그것이었다.

"각 문파의 독문병기라는 말이지요?"

"그렇습니다."

"흠……."

각 문파, 특히 구파라 불리는 거대한 문파의 무공은 각각 그들만의 특이점이 있었다. 그리고 그들의 독문병기는, 그 무공의 위력을 올리고 효율을 높이기 위해 변형된 병장기들이었다.

즉, 저들이 소림, 무당, 화산의 독문병기를 들고 있다는 것은 그 무공 또한 익히고 있다는 반증이었다. 독문병기라는 것은 그 무공에 맞추어져 있는 것이니, 그 무공을 익히고 있지 않다면 오히려 방해가 되는 물건이기 때문이다.

"무공이 만만치는 않겠군요."

각 문파가 독문병기를 가지고 있기는 하지만, 처음부터 그것을 쥐어 주고 무공을 익히게 하지는 않는다. 어떤 병장기든 그 기본이 가장 중요하기 때문이다. 즉, 저들이 각파의 독문병기를 쥐고 있다는 것은 그 무공을 꽤 높은 수준으로 익히고 있다는 뜻이었다.

잠시 기억을 더듬던 담기령이 윤명산을 향해 물었다.

"백곡산 산채의 채주들이 소림, 무당, 화산의 무공을 쓴다는 정보가 있었습니까?"

"지금까지의 정보로는 전혀 없었습니다."

윤명산의 대답에 담기령이 피식 웃으며 말했다.

"소림, 무당, 화산의 도망자들이라……. 일이 재미있게 풀려 가는군요."

담기령의 혼잣말에 권일이 궁금한 표정으로 물었다.

"도망자들이라니요?"

"위급해지니 저 병장기들을 들고 나왔다는 말은 각 파의 무공에 자신이 있다는 뜻이지요. 각 문파의 제자가 아니라면 그 무공을 익혔을 수 없었을 텐데, 지금까지는 그 사실을 숨기고 있었으니 정체를 숨기고 있었다는 뜻. 구파 중 세 개 문파의 제자들이 산적질을 하면서 정체를 숨기고 있었다는 뜻은, 각 문파의 도망자들이라는 것 외에 다른 결론이 나올 수 없지요. 각 문파에서 자기 제자들의 정체를 숨기고 산적질을 시켜 돈을 모으고 있다는 추측은 너무 앞뒤가 안 맞지 않습니까?"

"그렇군요."

권일이 고개를 끄덕이는 사이, 담기령이 세 당주를 향해 말했다.

"무슨 일이 있어도 저 셋은 생포할 생각입니다. 무림맹에서 요긴하게 써먹을 수 있는 패가 될 듯하니까요."

"예, 가주님."

"그러니 저들은 제가 맡습니다. 세 분은 나머지 놈들을 맡아 주세요. 졸자들이라고 만만하게 보지 마십시오. 각 무리를 이끄는 놈들은 아무래도 저 세 우두머리들에게 무공을 배운 듯합니다."

담기령의 말대로, 중간중간 무리를 이끄는 자들은 세 명의 채주가 들고 있는 병장기와 비슷한 형태의 무기들을 들고 있었다. 세 채주의 제자들인 셈이다.

지금까지는 정체를 숨기기 위해 다른 병장기를 썼을 테지만, 오늘은 자신들이 맞이할 적들이 만만치 않다는 생각에 손에 익은 무기들 든 게 분명했다.

담기령의 입가에 미소가 떠올랐다.

'시험을 해 볼 수도 있겠군.'

지난 삼 년 동안 담기령은 세가의 규모를 불리고 내실을 다지는 동시에, 자신의 무공 수련에도 많은 시간을 쏟아 왔다. 지금까지는 무림에서 그다지 알아주지 않는 절강성에서 움직인 덕에 괜찮았지만, 앞으로는 무림의 정점에 선 이들을 맞이해야 하기에 무엇보다 정진이 필요했던 것이다. 거기에 더해 복귀도 토벌전 당시에 낭패한 상황을 생각하면, 가문을 이끄는 자신의 무공이 부족해서는 아무리 준비를 많이해도 성사되지 않으리라 생각했던 것이다.

그리고 지금 그동안의 성취를 시험해 볼 때가 왔다고 판단했다. 저들 세 사람 개인의 무공 수준은 어쨌든 평균 이상은 될 것이고, 그들 셋을 동시에 상대해 보면 자신의 무공이 전체 무림에서 어느 정도가 되는지 가늠해 볼 수 있는 것이었다.

"준비하십시오."

짧게 떨어진 담기령의 명령에 담씨세가 무인들이 천천히 기운을 끌어 올렸다.

9장

백곡산 전투

"설명을 하라."

소리를 지른 것도, 목소리에 공력을 담은 것도 아니었다. 그저 나지막이 말을 했을 뿐이었다. 그럼에도 대전(大殿)을 밝히고 있는 촛불들이 거칠게 흔들리며 그림자들이 어지러이 흔들린다.

대전 상단의 커다란 태사의에 앉은, 장대한 체구의 사내에게서 뿜어져 나오는 엄청난 위압감이 대전 안의 기운을 온통 뒤흔든 탓이었다.

하지만 사내의 물음에도, 대전 아래에 부복해 있는 여섯 명의 사내들은 묵묵부답 고개만 숙이고 있을 뿐이었다.

태사의에 앉은 사대가 다시 입을 열었다.

"오행사령(五行司令)."

그 말에 가장 오른쪽에 부복한 사내가 살짝 고개를 들며 대답했다.

"예, 도주(島主)."

오행사령이라 불린 사내의 입에서 나온 호칭은 도주(島主), 즉, 섬의 주인이었다. 지금 대전의 단상에 앉아 있는 사내가 바로 과거 오왕부의 후손이며 당금의 황제를 부정하고 있는 집단의 우두머리인 주형천이었다.

현재 이들이 있는 곳은 절강성 해안에서 수평선을 넘어 한참을 멀리 떨어진 커다란 섬으로 그 이름을 오왕도(吳王島)라 했다.

이 오왕도는 과거 영락제의 칼을 피해 바다 밖으로 달아난 오왕부가 발견할 당시만 해도 이름 없는 큰 무인도였다.

당시의 오왕은, 섬에 수원(水源)이 있고 숲과 평지가 넓게 자리하고 있어 아주 많은 수의 사람이라도 자급자족이 가능하다는 것을 확인했다. 그 직후 섬의 이름을 오왕도라 짓고 권토중래의 기점으로 삼은 것이었다.

당시만 해도 각 지방의 번왕들은 병권을 가지고 있었고, 그때 소유하고 있는 병력을 거의 온전하게 유지했었던 오왕부는 빠르게 섬에 정착을 했고 데리고 있던 병력을 이용해 주변의 왜구들을 복속시키며 서서히 세력을 키워 온 것이었다.

오왕도는 도주를 중심으로 크게 여섯 개의 사(司)로 나뉜다. 그중 오행사는, 오왕도의 생계와 물자, 자금, 그리고 중원 각지에 펼쳐져 있는 비선을 총괄하는 곳이었다. 그 오행사의 수장이 오행사령인 임세헌이었다.

주형천이 슬쩍 상체를 숙이며 물었다.

"지난번에 분명 나에게 납득할 수 있는 설명을 가지고 오겠다 하지 않았던가?"

"그, 그것이 아직 정보가 부족한지라……."

"부족하다는 말이, 아무것도 없다는 뜻은 아닐 터. 알아낸 것을 말해 보라."

"예, 우선 하가촌에 있던 모든 도부(島府)의 무인들은 죽음을 당하거나 사라졌었습니다. 그리고 실종된 자들은 행적이 묘연해 찾아낼 수가 없었습니다."

"내가 그것을 몰라 묻는 것은 아닐 텐데?"

"사라진 이들을 찾지 못했던 이유는 그 대부분이 졸자들인 탓이었습니다."

담씨 형제와 백무결이 초토화시켰던 하가촌에 대한 이야기였다. 당시 정기적인 연락이 끊겨 조사를 해 본 결과, 마을에 상주하고 있던 섬 소속의 무인들의 거대한 무덤을 찾아

냈었다.

그 직후, 시신을 수습해 확인해 본 결과 대략 쉰 명 정도의 무인들이 사라진 것을 확인할 수 있었다.

당시 변이 생기기 전에 올라온 보고에는, 무림의 서하단을 모두 사로잡아 처리했다는 내용이 있었다. 임세헌은 그것을 토대로 사건의 원흉이 서하단이라 추측을 하고 그들의 행적을 쫓았었다.

하지만 그가 서하단을 찾기 시작했을 당시, 서하단은 이미 무림맹으로 들어간 후였다. 오왕도 사람이 직접 무림맹으로 들어갈 수는 없는 일이었기에, 임세헌은 무림맹에 심어둔 간자들에게 연락을 하여 진상을 파악하라 했었다.

그러나 무림맹 내부에서 간자에 대한 이야기가 공론화가 되고 있기에 그들 역시 섣불리 움직이기는 힘이 들었다.

그래서 어쩔 수 없이 무림맹에서의 연락만을 기다리고 있던 차였다.

"그 역시 이미 알고 있다!"

"그런데 얼마 전, 실종자들 중 하나를 찾아냈다는 보고가 올라왔습니다."

"음? 그게 누구인가?"

"말단의 졸자가 아니라, 하가촌의 향주였던 왕유생의 모습이 발견되었습니다."

졸자들이야 일일이 파악을 할 수 없지만, 일정 이상의 무리를 이끄는 향주급의 인물이라면 무림 전체에 퍼져 있는 오왕도의 비선의 이목에 걸릴 수밖에 없었다.

"그래서?"

"아직 보고를 드릴 수 없는 이유가, 그 소식이 바로 어제 올라왔던 것이었고 그 이후 추가 보고가 없는 탓입니다."

"얼마나 더 기다려야 하는가?"

"명령을 내려놓았으니, 대략 한 달쯤이면 왕유생을 통해 알아낸 사실들을 보고받을 수 있으리라 생각합니다."

그제야 주형천의 노기가 슬쩍 사그라졌다. 하가촌은 오왕도에서 중원 곳곳에 만들어 놓은 거점 중 하나일 뿐이었다. 겨우 거점 하나가 무너진 정도는 크게 문제가 되지 않았다. 하지만 그 하가촌을 통해 자신들에 대한 정보가 새어 나가는 것이 문제였다. 그로 인해 진상이 파악되지 않아 신경이 곤두서 있었는데, 이제야 조금 긴장이 풀린 것이었다.

여유를 찾은 주형천이 다른 쪽으로 시선을 돌렸다.

"좌군사령(左軍司令)!"

"예, 도주님."

이번에는 왼쪽에서 네 번째 앉은 사내가 고개를 들었다.

오왕도 병력의 편제는, 가장 상위에 도주인 주형천이 있고 그 아래 세 개의 군부로 나뉜다.

우군사(右軍司)와 좌군사, 그리고 수군사(水軍司)였다. 각 군부에는 한 명씩의 부령들이 군부를 통솔하는 형태였다.

그중 우군사는 섬의 정규 병력이었고, 수군사는 왜구들로 이루어진 병력들이었다. 그리고 좌군사는 정규병이 아닌 중원 각지에 자리한 거점들에 자리한 병력들을 총괄했다.

"준비는 어찌 되고 있는가?"

좌군사령 육비두가 차분한 말투로 대답했다.

"계획한 대로 중원 각지에 은밀하게 자리를 잡아 가고 있습니다. 일부 몇몇 곳이 공격을 받기는 했으나, 거사를 치르는 데 미치는 영향은 극히 미미한 수준입니다."

오왕도가 중원을 차지하기 위한 계획의 가장 큰 줄기는 세 단계였다. 첫 번째는 무림의 장악, 두 번째는 변방의 혼란, 세 번째는 황실 전복이었다.

현재는 그중 첫 번째인 무림을 장악하기 위한 계획을 진행 중이었다. 간자를 심고, 각 지역의 사파 세력을 포섭하는 동시에 중원 각지에 산적과 수적으로 위장한 좌군사의 병력을 심는 것이 그 준비였다. 그리고 마지막으로 무림맹을 장악하는 것으로 첫 번째 단계를 마무리 한다는 계획이었다.

육비두의 대답에 주형천이 만족스러운 표정으로 고개를 끄덕이며 말했다.

"그 외에 보고할 것이 있는가?"

부복해 있는 여섯 사람이 동시에 대답했다.

"없습니다."

"좋다. 각 부령들은 맡은 일을 계속 진행하도록 하고, 변수가 있을 때는 즉시 보고하도록 하라. 그리고 오행사령은 찾아냈다는 향주에 대한 소식을 최대한 빨리 보고하도록."

"예, 도주님."

여섯 부령들의 대답을 들은 주형천이 태사의에서 몸을 일으켰다. 오늘은 오랜만에 느긋한 기분으로 잠들 수 있을 것 같았다.

"담씨세가라고 했더냐?"

왕일천의 물음에 장이천이 고개를 끄덕이며 대답했다.

"절강성에 있는 세가라고 하더군요."

"그런데 저 갑주는 무엇이더냐?"

"저도 모르겠습니다. 소문으로는 들었지만, 진짜로 저렇게 갑주를 덕지덕지 걸치고 있을 줄은 몰랐습니다."

"천잔방이 저런 놈들에게 당했단 말이냐?"

왕일천과 장이천이 동시에 입꼬리를 비틀어 올렸다.

"천장방이 생각보다 그리 대단하지는 않았던 모양입니다."

무림인들에게 갑주라는 건 거추장스러운 물건일 뿐이었

다. 가끔 부분적으로 하나 정도 호구를 착용하는 일은 있어도, 저 정도로 치렁치렁하게 걸치고 있으면 오히려 움직임에 방해가 된다. 그리고 경지가 낮을 때 착용하던 호구도, 수준이 올라가게 되면 더 이상 쓰지 않는다.

그런데 저렇게 온몸 곳곳에 갑주를 걸치고 있다는 건, 저들의 무공이 그만큼 떨어진다는 뜻이었다.

왕일천이 천잔방에 대한 기억을 더듬으며 말했다.

"뭐, 꽤 거들먹거리는 놈들이기는 했지만 실제로 우리보다는 한 수 아래가 아니었더냐. 우리가 정체를 숨기느라 조심해서 그렇지 놈들을 밀자고 마음먹었으면 못할 일도 아니었지."

"그렇긴 하지요."

왕일천이 저 멀리 이쪽을 향해 운집해 있는 무인들 중 가장 선두에 선 검은 갑주의 사내를 가리키며 말했다.

"저놈이 수장인 듯하구나. 일단 저놈을 먼저 치도록 하자꾸나. 그리고 중요한 건, 단 한 놈도 놓쳐서는 안 된다는 점이다. 제자들에게 일러 두어라."

세 사람은, 산채의 졸자들 중 소질이 있는 이들을 뽑아 무공을 가르쳤는데, 각자 열 명 남짓의 제자들을 가르치고 있었다.

"이미 일러 두었습니다."

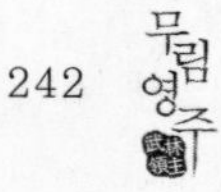

장이천과 백삼천이 대답을 하는 순간, 왕일천이 정면으로 시선을 돌리며 외쳤다.

"온다!"

외침과 동시에 땅이 울리며 우렁찬 함성이 산 전체를 뒤흔들었다. 그와 함께 뿌연 먼지가 일어나며 이쪽을 향해 삼백의 담씨세가 무인들이 달려왔다.

"가자!"

왕일천이 버럭 소리를 지르며 땅을 박차고, 장이천과 백삼천이 그 뒤를 따랐다.

왕일천은 귓바퀴를 훑고 지나가는 바람소리를 들으며 나한장을 쥔 손에 바짝 힘을 주었다. 온몸의 신경을 타고 흐르는 긴장감에 묘하게도 가슴이 두근거린다. 제자들을 가르칠 때 꺼내기는 했지만, 실제로 나한장으로 누군가와 싸워 본 것은 실로 오랜만이었다. 그 흥분이 긴장감에 더해지니 설레는 기분마저 느껴졌다.

그리고 자신을 향해 정면으로 달려오는 검은 갑주의 사내가 눈에 들어왔다. 손에는 도신이 푸른빛을 띠는 기형의 대도를 들고 있었다.

"큭!"

저도 모르게 웃음이 터진다.

어느새 두 사람 사이의 거리가 완전히 사라지고 대도와

나한장이 동시에 바람을 머금었다.

꽈앙!

아프도록 귀를 울려 대는 굉음과 온몸에 가해지는 뻐근한 충격.

왕일천의 얼굴에서는 미소가 사라졌고, 검은 갑주를 입은 사내의 얼굴에는 미소가 떠올랐다.

단 일 합이었지만 눈앞의 상대가 절대 만만치 않다는 것을, 온몸을 울려 대는 저릿한 통증이 알려 준다. 가볍게 보고 덤비다가는 낭패를 볼 수도 있었다.

"함께 덤벼!"

뒤따라 도착한 아우들을 향해 외쳤다. 동시에 세 사람이 검은 갑주의 사내를 에워쌌다.

"흡!"

담기령은 짧게 호흡을 가다듬으며 자신을 둘러싼 세 사내를 살폈다.

'삼재진(三才陳).'

왕일천, 장이천, 백삼천 세 사람이 서 있는 형태는 기본적으로 삼재진의 형태를 띠고 있었다. 지난 삼 년 동안 담기령은 자신의 무공을 단련하는 동시에 중원 무림의 무공에 대해서도 넓고 깊게 공부를 해 왔었다. 그렇기에 지금 세 사람이 선 위치를 보고 무림에서 널리 사용되는 삼재진이라는 걸 한눈에 알 수가 있었다.

'서로 다른 성질의 무공을 익혔으니 제대로 된 합격술(合擊術)은 나올 수 없을 것이고, 차라리 기본적인 삼재진을 응용하여 진을 형성하는 것이 나았을 테지.'

담기령은 규칙적인 호흡을 유지하며 머릿속에 든 것들을 천천히 더듬었다.

'소림, 화산, 무당이라…….'

실제로 그 문파의 무공을 견식한 적이 없는 담기령이었다. 그저 각 문파의 무공들이 어떤 특성을 갖고 있는지에 대해서만 아는 정도였다.

'중원을 대표하는 문파들의 무공이 어떤지 볼 수도 있겠군.'

창월도를 쥔 손에 힘을 주며 슬그머니 한 발을 움직였다.

"타앗!"

기합과 함께 담기령이 정면에 있는 왕일천을 향해 달려들었다.

단번에 왕일천을 향해 쇄도하는 담기령의 신형, 동시에 좌우에서 장이천과 백삼천이 불쑥 끼어들며 담기령의 진로를 막아섰다.

"흡!"

삼키고 있던 호흡을 짧게 뱉는 동시에 담기령의 양손이 움직였다.

차창!

가벼운 쇳소리가 울리는 순간 담기령의 신형이 미꾸라지처럼 앞을 막아서는 두 자루의 검 사이를 빠져나간다.

"엇!"

장이천과 백삼천의 입에서 동시에 실성이 터졌다. 분명 앞을 막았다. 또한 담기령이 자신들의 검을 쳐 내는 것을 보고 그에 대한 방비를 했었다.

하지만 손으로 전해지는 것은 아무 가벼운 충격, 그리고 그사이 담기령은 손에 쥐어지지 않는 바람처럼 자신들의 검 사이를 뚫고 지나갔다. 생각지도 못한 상황에 두 사람의 시선이 담기령을 좇으며 몸을 날리지만, 담기령은 이미 왕일천의 코앞에 쇄도해 있었다.

쉐에엑!

푸른빛을 머금은 창월도가 투박하게 횡으로 바람을 갈랐다. 동시에 호쾌하게 공간을 가르는 나한장의 장두가 눈에 들어왔다.

콰앙!

창월도와 나한장이 또다시 충돌하며 굉음이 울린다. 왕일천도 이번에는 방비를 하고 있었기에 처음과 같은 충격을 받

지는 않은 모습. 하지만 창월도에 실려 있는 무지막지한 힘에 두 눈에 당혹감이 스치는 것은 여전하다.

팍, 파팍!

세 의형제가 동시에 한 걸음씩 물러서며 다시 담기령을 에워쌌다. 얼굴에 긴장감이 가득한 것이 눈앞의 상대를 절대 만만하게 볼 수 없다는 것을 확신한 듯한 모습이었다.

담기령이 여유로운 얼굴로 입을 열었다.

"소림, 무당, 화산의 무공을 동시에 견식 할 수 있는 기회를 주니 참으로 고맙소이다."

담기령의 도발적인 언사에도 세 사람은 호흡을 가다듬기만 할 뿐 반응을 보이지 않았다. 오히려 긴장한 표정으로 무기를 고쳐 잡는다. 꽤 긴 시간 강호에서 잔뼈가 굵었던 그들의 직감이 눈앞의 애송이를 절대 무시할 수 없다고 말하고 있었다.

담기령이 그런 세 사람의 반응을 살피며 다시 입을 열었다.

"오지 않으면 먼저 가겠소!"

말이 끝나는 동시에 담기령의 신형이 또 다시 왕일천에게로 쏘아져 갔다.

"흡!"

왕일천이 두 다리에 굳건히 힘을 주며 나한장을 그러쥐었다. 이미 한 번 경험이 있는 장이천과 백삼천도 담기령을 막으려 하지 않고 오히려 한 걸음 물러서며 빈틈을 노리기 위해 자세를 가다듬었다.

나한장에서 누런 기운이 뭉클 피어오르는 듯하더니 서로 엉기며, 보다 강렬한 빛을 뿜었다. 초절을 넘은 절대의 경지의 상징인 강기.

그와 동시에 담기령의 창월도에서도 푸른 아지랑이가 피어올라 뭉치는 듯하더니 이내 새파란 빛을 뿜어 올렸다. 몸에 걸친 갑주에 푸르스름한 기운이 엉기며 갑주를 뒤덮었다.

마찬가지로 절대 경지의 상징인 강기였다. 얼마 전 하가촌에서 함께 싸웠던 백무결이 보았다면 기겁을 했을 광경이었다. 당시 담기령은 상황에 맞춰 도삭만으로 적들을 도륙했었기 때문이었다. 하지만 지금은 상대가 상대인 만큼 가지고 있는 최선을 다해야 했다.

"흡!"

세 의형제의 입에서 동시에 실성이 터졌다.

갑주를 감싸는 강기라니. 긴 시간 무림을 전전했지만 한 번도 들어 보지 못한 현상에 당혹감을 감추지 못했다.

그리고 이들이 입은 갑주가 단순히 무공이 처지거나 몸을 보호하기 위함이 아니라는 것을 깨달았다. 걸치고 있는 갑주 또한 하나의 무기가 된다는 뜻이다. 그와 함께 장이천과 백삼천의 검 사이를 미끄러지듯 가볍게 통과할 수 있었던 이유를 어렴풋이 깨달았다.

"틈을 노려라!"

왕일천이 담기령의 창월도를 맞이하며 외쳤다. 갑주를 걸치고는 있지만, 전신을 보호하고 있는 것이 아닌 만큼 그 틈을 노리라는 뜻.

담기령과 왕일천, 장이천, 백삼천 네 사람의 신형이 격렬하게 얽히며 네 줄기 기운이 부딪쳤다.

"후읍, 흡!"

담기령은 쉴 새 없이 호흡을 가다듬으며 경맥을 타고 휘도는 공력을 흐름을 조율했다.

갑주에 이렇게 강기를 씌운 채, 절대 경지의 무인 세 사람과 싸우는 것은 담기령으로서도 처음이었다.

그런 만큼 최대한 공력의 손실을 줄이는 것이 중요했다. 팔황불괘공 운용의 가장 중요한 묘리는, 갑주를 자신의 몸과 일체화시키는 것. 그리함으로써 갑주에 기운을 두르면서도 그것을 소모하지 않고 순환시키는 것이었다.

즉, 무기의 강기처럼 공력의 방출이 아닌, 공력의 순환이기 때문에 공력을 소모하지 않으면서도 갑주로 위력을 발휘할 수 있는 것이었다.

하지만 그것을 위해서는 세심한 공력의 운용이 필요했고,

그만큼 심력의 소모가 심했다.

담기령이 도기를 쓸 수 있을 때는 갑주에 예기를 두르고, 도편을 쓸 수 있을 때는 갑주로 물기성형(物氣成形)을 펼친 이유도 바로 심력의 소모를 줄이기 위함이었다.

하지만 이 정도로 강한 무인들을 상대로는 방심할 수 없었기에 일단은 강기를 형성하며 상대하는 것이었다.

담기령은 정파 무림의 정점에 있는 문파들의 고수를 상대하는 탓에, 그리고 세 의형제는 갑주에 강기를 씌우는 놀라운 광경 탓에 잔뜩 긴장감을 매달고 서로를 향해 달려들었다.

세 의형제가 뿜어내는 어마어마한 압력이 담기령을 에워싸고, 그 속에서 담기령의 흑야와 창월이 광풍을 일으킨다.

콰콰콱!

본래는 백곡산 곳곳으로 굉음이 쩌렁쩌렁 메아리칠 상황이었다. 하지만 강기와 강기의 충돌로 만들어진 사나운 파동에 사그라진 듯 먹먹하고 답답한 소음만을 울린다.

담기령은 입을 꾹 다문 채 쉴 새 없이 창월도를 휘둘렀다. 그것도 단 한 사람, 샛노란 강기의 나한장을 든 왕일천을 향한 도격이었다.

카칵!

창월도와 나한장이 서로 부딪치며 묵직한 파동이 사방으

로 터져 나간다.

장이천과 백삼천이 호시탐탐 담기령의 틈을 노리고 들어오지만, 번번이 담기령의 팔황불괘공에 막혀 한 걸음 물러선다.

"크윽!"

왕일천의 입에서 절로 신음이 새어 나왔다. 가끔씩 얼굴이 붉으락푸르락 변하며 담기령을 노려보는 눈빛이 사납기가 짝이 없다.

그의 나이 올해로 마흔다섯. 소림에 있을 때의 그는 역사상 최연소로 나한당에 적을 올릴 정도로 강한 무승이었다. 그리고 사문에 죄를 짓고 나온 후로도 무공을 게을리 한 적이 없었다.

그런 그가 아직 서른도 되지 않은 담기령의 힘에 연신 뒤로 물러나고 있으니 여간 자존심이 상하는 게 아니었다. 게다가 혼자도 아닌 세 명이서 합공을 하고 있는 상황이 아닌가.

타타탁!

얽혔다 풀리기를 반복하던 나한장과 창월도가 강력한 반발력에 밀려 주춤하는 사이, 왕일천이 황급히 다섯 걸음 뒤로 물러섰다.

곧장 왕일천을 쫓으려는 담기령의 앞을 막은 것은 태극검과 매화검.

슈슈슉!

날렵한 파공성과 함께 두 줄기의 섬뜩한 기운이 담기령의 좌우로 파고들었다. 정확히 담기령의 목과 옆구리를 노리고 들어오는 치명적인 일격.

담기령은 황급히 걸음을 물리며 태극검과 매화검을 향해 양손을 뻗었다. 하지만 두 사람은 언제 그렇게 파고들었냐 싶게 재빨리 발을 빼며 담기령의 뒤를 잡는다. 그 순간, 담기령의 정면에서 왕일천이 움직였다. 두 사람의 행동은 왕일천에게 찰나의 시간을 벌어 주기 위한 행동.

"흡!"

짧고 묵직한 한 번의 호흡이지만, 왕일천은 그 한 번의 호흡만으로 단전의 공력을 최대치고 끌어 올렸다.

경맥을 타고 흐른 뜨겁고 강맹한 기운이 사지백해로 순식간에 퍼지면서 전신의 근육이 터질듯 팽팽하게 부풀어 올랐다.

무거운 진각과 함께 쿵 하고 땅이 울리는가 싶더니, 왕일천의 나한장이 사방의 공간을 우그러뜨리며 담기령을 향해 쇄도한다.

모든 무공의 묘리는 힘과 속도, 그리고 변화의 세 가지로 귀결된다. 그리고 무림의 정점에 선 문파의 무공은 기본적으로 그 세 가지를 모두 포용하고 있다고 보아야 했다. 다만 각 문파의 특성에 따라 어느 쪽에 좀 더 치중을 하고 있는가 하는 점이 다를 뿐.

그런 의미에서 소림의 무공은 거대한 폭포에 비유할 수 있었다. 압도적으로 강한 힘으로 정직하게 상대를 누르는 것. 그러면서도 용소 바닥의 어지럽고 사나운 물줄기처럼 수많은 변화를 품고 있는 것이 소림의 무공이었다.

"흡!"

담기령 역시 급히 호흡을 가다듬었다. 왕일천의 나한장이 단순히 주변 공간을 우그러뜨리는 것이 아니라, 그 기운 자체를 완전히 끌어모으며 나한장에 어마어마한 압력이 뭉치고 있는 것을 확인한 탓이었다.

문제는 담기령이 한 사람을 상대하고 있는 게 아니라는 점. 장이천과 백삼천이 담기령의 정신을 분산시키기 위해 다시 한 번 사납게 짓쳐 들었다.

콰아아아!

사나운 바람이 휘몰아쳤다.

세 줄기 강기의 폭풍 속에서도 담기령의 두 눈에는 당황하는 기색이 보이지 않았다.

마음속으로 외친 짧은 명령에 손에 들려 있던 창월이 연기처럼 꺼진다.

동시에 뒤쪽 좌우에서 찔러 들어오는 태극검과 매화검을 향해, 담기령이 철판교의 재주로 급히 몸을 눕히며 양손을 휘두른다.

철컥!

공간을 찢을듯 사납게 할퀴는 담기령의 양손에 태극검과 매화검의 검신이 그대로 걸려들었다. 그 순간 뒤로 눕듯이 몸을 꺾고 있는 담기령의 위로, 땅을 박찬 왕일천의 신형이 허공으로 붕 떠오르고 있었다.

이대로 있으면 말 그대로 짓눌린 고깃덩이가 되는 순간. 하지만 담기령의 두 눈은 한층 더 침착하게 빛나고 있었다.

아직 왕일천의 신형이 정점까지 솟구치지 않은 상황. 하지만 떨어져 내리기까지의 시간은 그야말로 찰나.

담기령은 양손에 착용하고 있는 수갑에 폭발적으로 강력한 강기를 터트렸다.

"큽!"

장이천과 백삼천의 입에서 똑같은 신음이 새어 나왔다. 하지만 그들 역시 강기를 일으킬 수 있는 절대 경지의 고수들. 반사적으로 공력을 일으키며 검을 놓치지 않기 위해 손아귀에 더욱 더 힘을 준다.

그리고 그 순간이 담기령의 노림수였다.

검을 쥔 손에 힘을 주느라 순간적으로 공력이 불규칙적으로 변하는 찰나의 틈.

"컥!"

두 사람의 입에서 신음에 이어 당혹성이 터졌다. 그 짧은 순간, 갑자기 담기령이 장검을 잡아당기는 통에 그대로 몸이 끌려갔다.

쿠우우웅!

황급히 천근추의 수법으로 중심을 유지하려 하는 순간, 벼락처럼 울리는 굉음과 함께 몸뚱이가 장검에 이끌려 허공으로 솟구치고 있었다.

철판교 수법으로 몸을 꺾고 있던 담기령이 그대로 바닥에 등판을 부딪치며 그 반발력까지 끌어 올려 두 사람을 밀어 올린 것이었다.

굳이 설명을 하자면, 발이 아닌 온몸을 이용한 진각. 그리고 그 반발력으로 공력을 양손에 집중해 장일천과 백삼천을 통째로 던져 버린 것이었다.

장이천과 백삼천 두 사람의 손에 쥐어진 매화검과 태극검의 검봉이 향한 곳은, 담기령을 내려찍어 가던 왕일천의 나한장이었다.

"헉!"

세 사람의 당혹감 가득한 시선이 허공에서 얽혀 들었다. 진로를 바꾸기에는 늦었다. 이대로 있다가는 세 줄기 강기의 충돌에 세 사람 모두 휘말려 반죽음 상태가 될 게 뻔했다.

최악을 피하기 위한 방법은 오직 하나였다. 최대한 공력을 갈무리해 서로에게 가는 피해를 최소화 하는 것.

하지만 그 경우 분명 공력이 역류해 심각한 내상을 입을 수밖에 없었다.

내상을 감수하면서까지 서로의 목숨을 살리느냐, 아니면 이대로 가느냐.

형언할 수 없을 정도로 짧은 시간이었지만, 세 사람의 얼굴에 갈등의 빛이 스쳤다.

만약 한 사람만 공력을 갈무리 할 경우, 그 한 사람만 죽고 나머지 두 사람은 살 것이었다. 공력을 갈무리 하려면 세 사람이 동시에 해야만 세 사람 모두 살 수 있는 상황.

근 십 년 이상을 동고동락 한 의형제였지만, 서로의 시선에 끝까지 의심이 가시지 않았다.

세 줄기 강기가 한 점에 모이기 직전, 세 사람은 마침내 결심을 굳혔다.

쿠쿠쿠쿠쿵!

강기와 강기의 충돌에 굉음이 터진다. 동고동락한 의형제를 서로 믿지 못한 세 사람의 몸뚱이가 서로의 강기에 휘말리고, 굉음과 함께 사방으로 퍼진 세찬 광풍이 바닥을 휩쓸었다.

그 직후, 세 개의 몸뚱이가 땅을 향해 곤두박질쳤다.

쿵, 쿠쿵!

시체처럼 미동도 하지 않고 널브러져 있는 세 사람의 몸뚱이 위로 담기령의 그림자가 드리워졌다.

목숨은 건진 듯 가늘게 숨만 쉬고 있는 세 사람의 모습에, 담기령은 저도 모르게 아쉬운 표정을 지었다. 중원 무림의 정점에 있는 세 문파의 무공을 제대로 확인할 수 있는 기회였는데, 세 사람의 저돌적인 공격으로 인해 어쩔 수 없이 이런 상황을 맞이했기 때문이었다.

크게 호흡을 고른 담기령이 천천히 시선을 돌렸다. 외삼당의 전투 또한 담씨세가 쪽으로 완전히 전세가 기울고 있었다.

다시 바닥으로 시선을 돌린 담기령의 눈에, 가느다란 호흡을 유지하며 자신을 쳐다보는 세 사람의 눈길이 들어왔다. 그런 세 사람을 향해 담기령이 나지막이 말했다.

"다행히 목숨을 건졌으니, 세 사람 모두 사문으로 돌아갈 준비를 하시오."

왕일천, 장이천, 백삼천 세 사람의 눈에 절망이 깃들었다.

10장
무림맹의 불청객

"백 단주……. 아니, 백 문주. 정말 아는 바가 없소이까?"

무림맹 의천각 안에, 대답이 돌아오지 않는 공허한 질문이 퍼졌다.

질문을 던졌던 점창파 장문인 모첨명이 머쓱한 표정을 짓다가 이번에는 남궁호천에게로 시선을 돌렸다. 하지만 남궁호천 역시 아는 게 없다는 듯 슬쩍 고개를 젓는다.

무림맹을 향해 올라오면서 무력시위를 하고 있는 담씨세가에 대한 이야기였다.

이미 많은 이들이 수차례 던졌던 질문이었고, 그때마다

백무결과 남궁호천은 모른다는 대답을 해 온 터였다. 그러니 더 이상 이렇게 묻는 것은 의미가 없었다. 하지만 그럴수록 더욱 궁금해지는 탓에 물어본 것이다.

좌중에 모인 이들 역시 말을 하지는 않지만 다들 같은 마음이었다. 그 이유는, 지금 그 문제의 인물이 무림맹의 지척에 와 있기 때문이었다.

무림맹 수뇌부가 지금 의천각에 모여 있는 이유도 그 때문이었다.

한 시진 전, 담씨세가의 가주로부터 무림맹을 방문해 무림맹 수뇌부에 전할 이야기가 있다는 내용의 배첩이 전해져 왔다. 같은 시간 올라온 보고에 따르면, 담씨세가가 무림맹 총타에서 한 시진 거리의 숲에 숙영지를 꾸렸다고 했다.

그리고 반 시진 전에는 담씨세가의 젊은 가주 담기령이 몇 명의 수하를 이끌고 무림맹으로 오고 있다는 보고가 올라왔다. 그 소식을 들은 맹주 현산은 급히 의천각에 각 문파의 수장들을 불러 모았다.

하지만 생각해 보면 아주 기이한 일이었다.

절강성 담씨세가는 아직 제대로 이름을 알리지 못한 중견 규모의 세가였다. 왜구를 격퇴했던 일과 절강무련의 결성으로 어느 정도 이름이 알려지기는 했지만, 단지 그뿐이었다. 아주 약간 관심을 두는 이들도 남궁세가와 친분이 깊은 지방의 작은 세가 정도로만 인식하고 있을 뿐이었다.

힘의 논리가 가장 우선시 되는 무림에서, 제대로 자신들의 힘을 드러낸 적이 없는 담씨세가가 그리 대단하게 인식될 리가 없는 것이다.

그러니 정파무림의 하늘인 무림맹이, 겨우 중견 세가 하나의 방문에 이렇게 호들갑을 떠는 것은 상식적으로 있을 수 없는 일이었다. 그런데 그 상식적으로 있을 수 없는 일이 지금 벌어지고 있었다.

또한 무림맹 수뇌부와 만나 이야기를 한다는 것은 아무나 가능한 일이 아니었다. 누군가의 소개가 있거나, 특별한 인연이나 일정 수준 이상의 세력이 있어야만 가능하다. 만약 아무나 무림맹주를 대면하거나 수뇌부와 이야기를 나눌 수 있었다면, 무림맹은 맹주를 만나겠다고 찾아온 사람들로 일년 내 문전성시를 이루었으리라.

그런데 지금 의천각에 모인 이들 중, 담기령이 의천각에서 무림맹 수뇌부를 만난다는 것에 대해 이상하게 여기는 사람은 단 한 사람도 없었다. 오히려 당연하게 여기며 무슨 이유인지를 고민하고 있다. 그러니 더욱 더 이상한 일이다.

그 이유는, 이 자리에 있는 누구도 담씨세를 명성도 힘도 없는 중견 세가로 인식하지 않고 있기 때문이었다. 바로 담기령이 해 온 무력시위의 효과였다.

담씨세가가 무림맹으로 오면서 산적들이나 흑도방파들을 궤멸시킨 일은, 하나씩 떼어 놓고 보면 크게 대단한 일이 아니었다. 중소 방파 정도의 힘만 있으면, 버겁기는 해도 충분히 격퇴할 수 있는 수준들이었다. 하지만 담씨세가는 그 일을 무려 한 달 가까이 쉬지 않고 해 왔다.

정확하게 이십오 일의 여정 중 하루 씩 딱 이틀을 쉬었을 뿐이니, 절정 수준의 무인이라 해도 벌써 탈진했을 정도로 무시무시한 강행군이었다.

그런데 담씨세가는 가주뿐만 아니라, 세가의 모든 무인이 그런 강행군을 하며 이곳까지 왔으니 절대 힘이 없는 집단으로 인식되지 않는 것이었다.

게다가 담씨세가가 올라오면서 해 온 일로 인해, 그 일대의 중소방파들은 말할 것도 없고 각지에 있는 중소방파들까지도 담씨세가에 대해 아주 큰 호감을 갖게 되었다.

그동안 무림맹에 몇 번이나 도움을 요청했음에도 이루어지지 않았던 일을, 담씨세가가 단독으로 처리해 버렸으니 중소방파들의 눈에 좋게 보이지 않을 리가 없었다.

즉, 담씨세가는 이번의 무력시위를 통해 은연중에 자신들의 힘을 확실하게 보여 주는 동시에 중소방파들의 강력한 지지를 얻은 것이었다. 그러니 무림맹 수뇌부에서도 결코 담씨세가를 가벼이 볼 수 없었던 것이다.

보통 한 세력이 성장하면서 세상에 스스로를 드러내고 막대한 영향력을 가지는 데까지는 일이 년의 시간이 필요했다. 그런데 담씨세가는 불과 한 달 만에 그 일을 해낸 것이었다.

그리고 이 또한 무림맹 수뇌부가 담씨세가를 가벼이 볼 수 없는 이유 중 하나였다.

물론 그렇다고 해서 의천각에 모인 무림맹 수뇌부가 담씨세가의 움직임에 불안해한다거나 긴장하는 것은 아니다.

그런데도 이렇게 호들갑을 떠는 것 같은 반응이 나오는 데는 여러 가지 감정이 뒤섞인 탓이었다. 그중 가장 큰 것들을 꼽으라면 적대감과 경쟁심, 호기심, 그리고 불쾌함이다.

처음에는 그저 흥미로운 구경거리 정도의 느낌이었다. 하지만 날이 거듭되고, 중소방파들의 지지가 늘어나면서 점차 자신들과 같은 위치에 오르려 하는 듯한 느낌이 들면서부터 호기심이 불쾌함과 적대감으로 바뀌었다.

백무결이나 남궁호천에게 담씨세가에 대해 묻는 태도에도 불만스러운 감정이 잔뜩 섞여 있었다. 담씨세가를 싸고도는 듯한 느낌을 받은 탓이었다.

그렇게 어수선하고 기묘한 분위기 속에 시간은 끊임없이 흘렀고, 마침내 의천각 정문 바깥에서 몇몇 사람의 발소리가 들렸다. 뒤이어 문밖에서 누군가의 목소리가 들렸다.

"담씨세가 담기령 가주가 도착했습니다."

보통은 의천각에 누가 들어간다고 이렇게 일러 주는 경우는 없었다.

하지만 무림맹 외부 인사가 의천각에 방문하는 일은 처음인 탓에 미리 준비를 해 놓았던 것이다.

문이 열리고, 한 사내가 의천각 안으로 들어섰다. 당연히 모든 이들의 시선이 그 한 사람을 향해 쏟아지고, 사내가 정중하게 포권을 하며 인사를 했다.

"처음 뵙겠습니다. 절강성 용천현의 담씨세가 가주 담기령입니다."

지금 의천각에 모인 이들은, 말 그대로 정파 무림의 영도자들이었다. 그 면면만으로도 어마어마한데, 대부분이 강렬한 기운을 내뿜고 있는 탓에 그 담기령의 전신을 옥죄는 압력 또한 무시무시한 수준이었다.

어지간히 무공을 익힌 사람이라 해도, 이 정도로 많은 고수들의 기운을 동시에 받게 되면 저도 모르게 오줌을 지렸을 정도로 엄청난 압력이다. 하지만 담기령은 아무렇지도 않게 인사를 건네고는, 오히려 자신을 향해 기운을 쏟아 내고 있는 이들과 일일이 눈을 맞춘다.

그런 후, 마지막으로 가장 상석에 앉아 있는 현산을 향해 눈길을 던졌다. 현산이 자리에서 일어나 합장을 하며 인사를 했다.

"아미타불. 빈승이 부족하지만 무림맹을 이끌고 있는 현산입니다."

그리고 곧장 자리에 앉으며 말을 이었다.

"그래, 저희와 하고 싶은 이야기가 있다고요?"

"그렇습니다. 무림을 이끄는 무림맹에 꼭 전해야 할 이야기가 있습니다."

대답을 하는 담기령의 얼굴에 쓴웃음이 스쳤다. 자리조차 권하지 않고 대뜸 본론을 꺼내는 현산의 태도 때문이었다.

'승려가 아니라, 노회한 정치가로군.'

딱히 담기령을 무시해서 그러는 것이 아니다. 확실하게 서로의 위치를 정하고 관계에 대한 선을 긋기 위한 행동이었다. 그러한 태도는 저쪽 세상에서 이미 신물이 나도록 보았던, 제국의 수많은 귀족들의 행태와 전혀 다를 바가 없었다.

담기령은 그런 정치인들을 어찌 상대해야 하는지를 잘 알고 있었다.

여러가지 방법이 있겠지만, 가장 좋은 방법은 무력이든 권력이든 동원할 수 있는 힘을 이용해 눌러 버리는 것이었다.

이치나 순리에 맞게 차근차근 설명을 하고 옳은 결론으로 이끄는 방법도 있었다.

하지만 그 방법을 쓰려면 아주 많은 시간과 심력을 소모

해야 했기에 상책이 아닐뿐더러, 담기령이 그런 방법을 쓸 이유가 없었다.

"일단 이걸 좀 보아 주시지요."

담기령이 품에서 한 통의 서신을 꺼내 탁자 위에 놓았다.

동시에 의천각 안에 정적이 내리깔리며, 대부분의 무림맹 인사들의 얼굴에는 불쾌함이 떠올랐다.

보통 이런 자리에서 무언가를 전하려 한다면, 대동해 온 수하를 시켜 전달하거나 의천각 내부의 무림맹 사람을 통해 전해야 했다. 하지만 담기령은 직접 가지고 가라는 듯 탁자에 서신을 놓고는 아무런 행동도 취하지 않았던 것이다.

현산의 태도에 대해 담기령 또한 똑같은 태도를 취한 것이고, 이는 무림맹 맹주와 자신을 동등한 위치에 놓고 있음을 시사하고 있었다.

무림맹 수뇌부의 인사들이 그러한 의중을 읽지 못할 리 없으니 당연히 얼굴이 굳어질 수밖에.

하지만 담기령은 조금도 위축된 표정을 짓지 않고 당당하게 현산을 바라보았다.

"얼마나 중요한 것인지 한 번 봅시다."

현산은 담기령의 태도에 대해서 가타부타 말하지 않고, 엷은 미소를 지으며 손을 내밀었다. 결국 현산 옆에 서 있던 구여상이 서신을 옮기기 위해 직접 걸음을 옮겼다.

정적이 내려앉은 공간에 구여상의 발소리가 울려 퍼지는 사이, 처음보다 훨씬 더 강렬한 기운이 담기령을 옥죄어 들어갔다. 대부분의 사람들이 살기에 가까운 기운을 뽑아 올려 담기령을 향해 쏘아보고 있었다. 거기에서 빠진 사람이라고 해 봐야 백무결과 남궁호천, 제갈무산 정도.

'감히 무얼 믿고 저런 건방진 태도를…….'

무림맹 맹주를 얕잡아 본다는 것은, 무림맹 전체에 대한 태도와 다름없으니 자신들 또한 모욕을 받은 셈이었기 때문이다.

그러는 사이 구여상의 손에 들렸던 서신이 현산에게로 전해졌다. 현산이 봉투 안의 서신을 꺼내는 동안, 모든 이의 시선이 현산의 손과 얼굴에 모였다.

서신을 읽어 내려가는 현산의 얼굴에서 조금씩 여유가 사라지는 듯하더니, 결국 딱딱하게 굳었다.

그럼 현산의 반응에 모두들 의아한 표정을 짓는 사이, 현산이 짧게 숨을 골랐다.

겨우 한 호흡이지만 순식간에 평정심을 찾은 듯 편안한 표정을 되찾은 현산이 담기령을 향해 가볍게 손을 내밀었다.

"그러고 보니 경황이 없어 손님께 결례를 하였군요. 우선 자리에 앉으십시오, 총병관."

"아, 저도 사안이 급하다 보니 깜빡하고 있었습니다."

담기령 또한 여유롭게 고개를 끄덕이며 아무렇지도 않다는 듯, 처음 인사를 했을 때 자신에게 권해졌어야 할 의자에 앉았다.

하지만 그 두 사람을 제외한 모든 이의 얼굴에는 표정이 돌아오지 않고 있었다. 담기령의 태도에 적대감을 보이지 않았던 백무결이나 남궁호천, 제갈무산까지도 이번에는 기겁한 표정으로 담기령을 보았다.

잠시 멈칫하던 제갈무산이 조심스러운 목소리로 말했다.

"담 가주, 방금 맹주께서 담 가주를 총병관이라 불렀는데 제대로 들은 것이 맞소이까?"

담기령이 주저 없이 고개를 끄덕였다.

"맞습니다. 제대로 인사를 올리겠습니다. 외해오적토벌군(外海吳敵討伐軍) 총병관 담기령입니다."

다들 뜨악한 표정으로 담기령을 보았다. 이게 도대체 무슨 말인지 감이 오지 않았다.

말하는 바를 모른다는 게 아니다. 외해오적토벌군이라는 말은 대충 생각해도 짐작이 가능하다. 바다 밖의 오씨 성을 가진 외적을 토벌한다는 뜻이다. 하지만 도대체 그 오씨 외적이 누구이며, 언제 그런 일이 추진되었는지 도통 알 길이 없었던 것이다. 황실과 가까이 지내는 편인 사대세가조차 이 일에 대해서는 금시초문.

"오적이 도대체 누군지 알 수 있겠소……."

그때 갑자기 제갈무산의 귓속으로 누군가의 전음이 흘러들었다.

—일단은 지켜봅시다. 아무래도 우리가 쫓던 놈들과 관련 있는 일인 모양이오.

바로 옆에 앉아 있던 남궁호천의 전음이었다. 눈치를 보아하니 담기령이 전음으로 뭔가 이야기를 한 모양이다.

그사이 담기령이 대답했다.

"당연히 말씀을 드려야지요. 하지만 그전에 설명해야 할 일들이 있으니 그에 대해서 먼저 말씀을 드리겠습니다."

그때 좌중의 누군가가 불쑥 외쳤다.

"그런 토벌군을 조직했다는 말은 금시초문입니다. 도대체 저자의 무엇을 믿고 그 말을 곧이곧대로 믿는단 말입니까? 아무런 증좌도 없이 본인이 그렇다고 하면 그런 것이란 말입니까?"

몇몇 사람들이 고개를 끄덕였다. 하지만 대부분은 답답한 표정으로 모첨명을 보았다.

자신들의 맹주가 어떤 사람인데 말만 듣고 그것을 믿겠는가 말이다. 필시 방금 전 전해진 서신에 무언가 있는 게 분명했다.

아니나 다를까 현산이 손에 들고 있던 서신을 뒤집었다.

"외해오적토벌군 도독께서 직접 보내신 서신과 황제 폐하께서 총병관께 내린 고신(告身)이 있으니 믿어야지요."

고신은 관리를 임명할 때 내리는 사령장이었다.

보통은 품계가 높은 관리들에게 내리는 것이지만, 외적이나 민란 등을 토벌할 때도 그 책임자를 임명하는 데 고신을 내린다.

그리고 지금 이 자리에는, 그동안 크고 작은 일들로 고신을 받은 경험이 있는 이들이 있었기에 그것을 한눈에 알아볼 수가 있었다.

그리고 또 한 가지.

서신의 끝에 씌어 있는 날인의 글자 또한 좌중의 사람들을 놀라게 했다. 바로 외해오적토벌군 도독의 날인에 황태자의 이름이 씌어 있었던 탓이다.

그리고 담기령의 고신에는 외해오적토벌군의 총병관인 담기령을 도독동지에 제수한다는 내용의 씌어 있었다.

외적이나 민란을 토벌하는 데는 보통, 형식적으로 최고 수장으로 이름을 올리는 이와 직접 전투를 총지휘하는 이가 따로 이름을 올린다.

즉, 이번 외해오적토벌군의 형식적인 최고 수장은 황태자이고 직접 전투를 지휘하는 무장은 담기령이라는 뜻이었다.

하지만 아무리 형식적인 수장이라 해도 그 사람이 누구냐

에 따라 토벌군의 영향력이 좌우되는 법이었다. 그리고 이번 토벌군의 총책임자가 황태자라는 뜻은, 토벌군 총병관인 담기령이 어마어마한 영향력을 행사할 수 있다는 뜻이었다.

"말씀하시지요, 담 총병관."

"무림맹에서 꽤 오랜 시간, 중원 전역에 퍼져 있는 유황의 밀거래를 추적해 온 걸로 알고 있습니다. 하지만 별다른 성과를 얻지 못하였지요."

오적의 토벌이니 뭐니 해 놓고 갑자기 유황에 대한 이야기를 꺼내자, 모첨명이 또 참지 못하고 끼어들었다.

"갑자기 그 이야기를 꺼내는 이유가 무엇이오?"

순간 의천각 안 대부분 사람들이 모첨명을 향해 책망 어린 시선을 던지고, 현산이 나지막한 목소리로 말했다.

"일단 이야기를 들어 보도록 하지요."

"아, 그러지요."

모첨명은 순간적으로 불만스러운 표정을 지었지만, 모두의 책망 어린 시선에 억울한 표정으로 고개를 끄덕였다. 그 사이 담기령의 이야기가 이어졌다.

"저희 천주무련에서는 무림맹에서 조사를 시작하기 전부터 그 일에 대해서 추적을 해 왔고, 그 기점 중 하나인 용산방을 치기도 하였습니다. 그리고 오늘날까지도 조사를 멈춘 적이 없습니다. 그러던 중 우연히 한 가지 중요한 정보를 얻게 되었습니다. 바로, 그 유황을 이용해 막대한 돈을 벌어들이고 있는 거대한 조직이, 실은 이 나라의 황제 폐하를 통치를 부정하고 역심을 품은 아주 거대한 역적 집단이라는 사실을 말입니다."

그렇지 않아도 조용하던 의천각 내부에 싸늘한 정적이 감돌았다. 모두의 머릿속에 외해오적토벌군에 대한 앞뒤의 이야기가 명확하게 그려졌다.

그 순간, 유난히 날카로운 시선으로 좌중을 살피는 세 쌍의 눈동자가 있었다.

하나는 담기령이었고, 나머지 둘은 구여상과 백무결이었다.

—확인하고 있습니까?

의천각 안 무림맹 수뇌부의 면면을 살피는 구여상의 귓전으로 파고드는 전음이 있었다. 바로 백무결의 전음이었다.

굳이 길게 설명하지 않아도 무엇에 대해 말하는지 분명했다. 처음 담기령이 외해오적토벌군이라는 말을 한 순간, 반사적으로 표정이 변했던 사람들을 두고 하는 말이었다. 외해오적토벌군이 정확히 무슨 뜻인지 아는 사람만이 그 명칭에 반응을 보일 수 있었고, 그 뜻을 안다는 말은 곧 간자라는 증거이기 때문이었다.

백무결과 구여상은 외해오적토벌군의 정확한 뜻을 파악할

수는 없었지만, 그 뜻을 몰라도 반응은 살필 수 있었기에 말없이 좌중을 주시했었고, 이제는 거의 확신에 가까운 답을 내리고 있었다.

하지만 구여상은 무공을 모르기에 전음을 날릴 수 없어 조용히 고개만 끄덕일 뿐이었다.

구여상의 반응에 백무결이 연이어 전음을 보냈다.

—끝나고 나면 따로 만나 서로의 답을 확인해 봅시다.

이번에도 구여상은 고개를 끄덕이는 것으로 백무결의 말에 동의를 했다.

그사이 담기령이 의천각을 가득 메운 정적을 밀어냈다.

"그래서 저는 태자 전하를 알현하여 이 사실을 알렸고, 태자 전하께서 황제 폐하께 허락을 받아 비밀리에 외해오적토벌군을 조직하셨습니다."

담기령의 말을 들은 현산이 조심스러운 목소리로 물었다.

"지금 담 총병관께서 하는 말은, 그러니까 중원 전역에 있는 그 거대한 집단이 다름 아닌 역적 무리들이라는 말입니까?"

"그렇습니다."

"그 말뜻은?"

"지금 이 의천각 안에 역적 무리가 세 명이나 있다는 뜻이지요. 그렇지 않습니까? 백 문주, 구 부각주?"

대뜸 자신들을 지목하는 담기령의 행동에 백무결과 구여상의 얼굴에 당혹감이 번졌다. 그러거나 말거나 담기령은 계속 말을 이었다.

"저도 눈에 들어온 사람이 있는데, 지금 한 번 확인해 보는 게 좋지 않겠습니까?"

백무결과 구여상의 얼굴이 한층 딱딱하게 굳었다.

'저 친구가 갑자기 왜?'

백무결이 기가 막힌다는 얼굴로 담기령을 보았다. 구여상과 자신이 서로의 답을 동시에 확인해 보려 했던 계획이나, 지금까지 그것을 위해 머릿속으로만 간자의 정체를 파악하고 있었다거나 하는 건 더 이상 문제가 아니다.

담기령의 한마디로 당장 목이 달아날지도 모를 상황이 되었다.

위기의 상황에 몰리는 순간, 이 의천각에 숨어 있는 간자가 입을 막기 위해 암수를 쓸 것이 빤한 상황이 아닌가.

"자, 잠깐 담 가주……."

백무결이 급히 담기령의 말을 막으려 했지만, 오히려 담기령이 백무결의 말을 끊는다.

"서로 말을 하면 서로의 생각에 영향을 줄 수도 있으니, 각자 글로 써서 확인을 해 보는 게 어떻겠습니까?"

"그, 그만하게!"

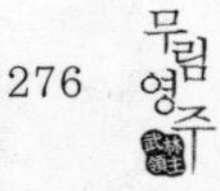

다급해진 백무결이 버럭 소리를 지르는 순간.

채앵!

"무슨 짓인가!"

동시에 창노한 일갈을 터트리며 움직인 이는 다름 아닌 현산이었다.

소림 특유의 웅혼한 공력이 현산의 전신을 통해 뿜어져 나온다. 현산 혼자만의 이야기가 아니다. 의천각에 있던 구파와 사대세가의 수장들이 동시에 사방으로 기운을 뿜어내는 바람에 방 안에는 그 기운들이 한데 엉켜 소용돌이친다.

그사이 현산은 이미 누런 잔상만을 남긴 채 몸을 날리고 있었다. 바로 방금 전까지 구여상이 있던 자리.

하지만 그 자리에 있는 이는, 구여상이 아닌 담기령이었다.

거대한 압력과 함께 현산의 오른손이 공간을 찍어 누르며 담기령을 향해 쇄도한다.

"감히 무림맹 내에서 살수를 쓰다니!"

대갈일성과 함께 일말의 여지도 남아 있지 않은 강맹한 장력이 담기령을 주위의 공기를 휩쓸었다.

발은 땅을 쓸듯 가볍게 움직이지만, 그 한 걸음 한 걸음이 오히려 강력한 진각이다.

"무슨 짓이오!"

"멈추십시오, 맹주!"

백무결과 남궁호천의 입에서 비명에 가까운 외침이 터졌다. 하지만 의천각 안 그 누구도 현산의 움직임을 막을 사람은 없었다.

탁.

마지막으로 밟은 가벼운 발걸음과 동시에 현산의 우장(右掌)이 담기령의 품 안으로 파고든다.

콰아아아!

현산의 오른팔이 생각할 수 있는 가장 짧은 궤적을 그리며 담기령의 품 안으로 파고들었다. 주변의 공기마저 모두 쓸어 담아 한 점에서 그 힘을 한 번에 터트리는 강맹무비한 일장이 담기령의 가슴팍에 작렬했다.

적어도 현산과 의천각 안에 있는 모든 이들은 그리 생각했다. 모두의 머릿속에 피를 왈칵 쏟으며 쓰러지는 담기령의 모습이 그려졌다.

하지만 그 생각이 틀렸다는 것은 금세 밝혀졌다.

"흡!"

의천각 안에 있던 모든 이들의 눈이 휘둥그레졌다.

두 발을 땅에 박은 듯 굳건히 버티고 선 채, 현산의 일장을 완벽하게 막아선 담기령의 모습이 보인 탓이다.

"어, 어떻게!"

모두들 깜짝 놀라 입을 쩍 벌린다. 현 무림에 자신의 이 일장을 막을 사람은 손에 꼽을 정도였다. 이는 담기령의 무공이, 현 무림에서도 손에 꼽을 정도로 뛰어나다는 방증.

현산 또한 놀라기는 매한가지. 자신의 우장이 담기령의 품으로 파고드는 순간, 담기령의 양손이 자신의 손을 휘감는 듯하더니 이내 손바닥이 무언가에 이끌리듯 미끄러지고, 급히 방향을 비틀려는 순간 담기령의 왼쪽 팔꿈치가 손을 막은 것이었다.

'이건?'

그런데 손바닥의 감촉이 이상했다.

마치 쇳덩이를 두드린 느낌. 어느 순간 담기령의 양쪽 팔과 손이 갑주로 덮여 있었다.

하지만 그것은 이미 담씨세가 사람들이 갑주를 착용한다는 이야기를 들었었기에 크게 이상할 것이 없었다. 다만, 아까는 보이지 않던 갑주가 갑자기 착용되어 있는 것이 놀라운 정도.

그보다 이상한 것은 담기령의 손과 팔꿈치를 두드린 순간 손바닥으로 전해 온 거센 저항력이었다.

단순히 갑주 때문이 아니었다. 갑주에 마치 한 겹의 막이 씌어져 있는 듯, 무언가가 손을 밀어내고 미끄러트렸다.

그때 담기령이 담담한 목소리로 현산을 향해 말했다.

"오해십니다."

그제야 현산의 머릿속에 또 한 가지 사실이 다시 떠올랐다.

눈앞의 남자는, 외해오적토벌군의 총병관이었다. 그런 이를 공격했다는 것은 꽤나 심각한 문제였다.

머릿속을 환기시키고 나니, 그리고 담기령이 말한 '오해'가 무엇인지 그제야 눈에 들어왔다.

바닥에 쓰러진 채 눈만 끔뻑거리며 자신을 보고 있는 구여상의 모습이 시야에 잡힌다.

현산의 황급히 손을 풀며 뒤로 물러서고, 동시에 담기령 또한 한 걸음 물러선 후 모두에게 포권을 하며 담담한 목소리로 말했다.

"구 부각주를 향해 암수를 날리는 것을 발견했기에 반사적으로 몸을 움직였습니다. 저도 모르게 결례를 저질렀습니다. 용서하십시오."

어쨌든 무림맹 안이었다. 이런 곳에서 손님이 이리 나선다는 것은, 주인에 대한 결례가 분명했다.

하지만 이 상황에서 그걸 나무랄 수 있는 사람은 없었다. 모두들 마뜩찮은 표정을 지으면서도 고개를 끄덕였다.

담기령이 바닥에서 무언가를 줍더니 눈높이로 들어 올리며 말했다.

"이 비수가 구 부각주를 노리고 날아들었었습니다."

의천각이 경악에 찬 웅성거림으로 가득 찼다. 쇠로 만든 담기령의 수갑에 쥐어진 것은, 폭이 새끼손가락 보다 좁고 자루가 달리지 않은 뾰족한 비수였다. 비수의 모양을 하고는 있으나 침(針)이라 해도 상관없을 정도로 작고 가느다란 암기.

담기령이 눈길을 돌리며, 자신을 보고 있는 사람들과 일일이 시선을 마주했다. 담기령과 시선이 마주칠 때마다 다양한 반응이 되돌아왔다.

저도 모르게 움찔하며 눈동자를 옆으로 돌리는 이가 있는가 하면, 당당하게 담기령의 눈을 직시하는 이도 있고, 불만스러운 표정으로 노려보는 이도 있다. 아무 짓도 하지 않았는데도 뭔가 불안한 자, 결백한 자, 괜히 의심을 받는 기분에 역정을 내는 자, 그리고 진짜 범인까지.

담기령이 저 비수를 막았다는 뜻은, 누군가가 그 비수를 던지는 광경을 목격했다는 의미. 다시 말해, 담기령이 그 범인이 누군지 알고 있다는 뜻이기 때문에 나오는 반응들이었다.

그리고 담기령이 말을 이었다.

"왜 그러셨습니까?"

담기령이 시선을 던지는 방향에 있던 세 남자의 표정이

변했다.

그중 오른쪽 두 사람이 당혹스러운 얼굴로 담기령을 보다가, 이내 그 시선이 정확하게 자신들의 왼쪽을 향하고 있다는 사실을 깨달았다. 그 두 사람의 시선 역시 담기령이 향하고 있는 쪽으로 향했다.

"서, 설마!"

비단 그 두 사람만이 아닌, 의천각 내부의 모든 이들의 얼굴에 경악한 표정이 떠올랐다.

"운허 진인!"

당혹스럽고 기가 막힌 표정으로 담기령을 보고 있는 이는, 화산파 장문인 운허였다.

11장
무림맹의 간자

무거운 공기가 모두의 어깨를 짓눌렀다. 지목을 당한 화산파 장문인 운허자는 물론, 의천각 안에 모여 있던 모든 이들의 얼굴에 경악과 불신의 빛이 떠올랐다.

"그 무슨 해괴한 말이오! 내가 간자라니!"

운허자가 기가 막힌다는 표정으로 담기령을 노려본다. 그와 함께 갑자기 운허자의 얼굴이 은은한 자색 기운으로 물들며 전신에서 강렬한 기운이 뻗쳐 나와 사방으로 퍼졌다.

"진인!"

"무슨 짓이오!"

동시에 운허자 주위에 있던 이들이 약속이라도 한 듯 급히 몸을 뒤로 빼며 전면을 방어하는 자세를 취한다.

모두 다섯 명. 조금이라도 이상한 행동을 취한다면, 주저 없이 공격을 하겠다는 듯 살벌한 기운을 뿜어낸다.

현산이 침중한 얼굴로 물었다.

"운허 장문, 그대가 정말 역적들의 간세란 말입니까?"

운허자는 여전히 기가 막힌다는 표정으로 답했다.

"그 무슨 말도 안 되는 말이오? 설마 다들 저 담가의 말을 믿는단 말이오?"

"그렇지 않다면 지금 장문인의 행동은 어떻게 해석해야 하는 겁니까? 지금 그 행동이 스스로 간세라는 사실을 시인하는 꼴이 아니란 말입니까!"

"누명이오!"

"지금 그대의 행동은 누명을 쓴 이가 하는 행동이 아니오!"

"위험한 상황에서 스스로를 보호하는 것이 어찌 죄를 시인하는 것이란 말이오이까!"

말을 하는 동안에도 곳곳에서 강렬한 기운이 솟구쳤다. 그야말로 일촉즉발의 상황.

운허자가 담기령을 향해 노한 목소리로 외쳤다.

"담 가주, 도대체 무얼 보고 내가 역적들의 간세라 말하는 것이오!"

담기령이 손에 쥔 암기를 들어 올리며 말했다.

"그렇다면 장문인께서 날린 이 암기를 어찌 설명하려 하십니까?"

"그대가 제대로 보았다 확신할 수 있는가!"

"확실합니다. 그렇지 않았다면, 어찌 구 부각주를 보호할 수 있었겠습니까?"

운허자의 얼굴이 시뻘겋게 변했다. 정말 억울하다는 얼굴로 주위 사람들에게 시선을 던져 보지만, 누구도 운허자의 말을 믿는 눈치가 아니었다.

"지금 십여 년을 함께해 온 내 말보다, 오늘 처음 본 저 사람의 말을 더 믿는다는 말입니까?"

운허자가 그간의 세월에 기대 억울함을 호소해 보지만, 사람들은 여전히 표정을 풀지 않고 있었다.

현산이 짧은 한숨과 함께 나지막이 말했다.

"일단 순순히 투항하시오. 정말 억울하다면, 조사를 해 보면 진실이 밝혀지지 않겠습니까?"

슈아악, 콰앙!

현산의 말이 끝나기가 무섭게 짧은 파공성과 함께 운허자 주변으로 기운이 폭사되며 바닥이 터져 나갔다.

"피, 피해!"

"멈추시오!"

다들 깜짝 놀라며 황급히 뒤로 몸을 날렸다.

하지만 운허자는 원래 있던 자리에서 한 발짝도 움직이지 않은 채 여전히 사방을 주시할 뿐이었다.

자위를 위한 일종의 위협이었던 셈이다. 사실 따지고 보면, 운허자의 무공이 이 안에서도 한 손으로 꼽을 수 있을 정도로 대단하기는 하지만, 다른 이들 역시 정파 무림의 하늘이랄 수 있는 구파와 사대세가의 주인들이었다. 그 무공 역시 만만할 리가 없었다. 운허자가 아무리 무공이 강해도 이들 모두를 상대할 수는 없는 노릇이었던 것이다.

"내가 지금 손속에 사정을 둘 수 있는 상황이라 아니라는 걸 명심하시오!"

운허자가 위협을 하듯 말했다.

그리고 그 말은 효과가 있었다. 운허자가 이 자리의 누구에게도 함부로 할 수 없는 것처럼, 이 자리의 누구도 운허자에게 함부로 덤벼들 수 없는 탓이다.

팽팽한 대치 상태에서 현산이 다시 나섰다.

"운허 진인, 이런다고 일이 해결되지 않소. 정말 억울하다면 정정당당하게 조사를 받아야 하지 않겠소."

"흥, 저자가 나를 옭아매기로 작정을 한 것 같은데, 어찌 정당한 조사가 이루어질 수 있겠소이까!"

그때 담기령이 느린 걸음으로 운허자가 있는 곳으로 걸음

을 옮겼다.

“그럼 운허 진인께 여쭙겠습니다.”

담기령의 이동에, 운허자를 에워싸고 있던 이들이 길을 터 주면서 담기령은 운허자와 마주서게 되었다.

“말해 보라!”

“이 비수를 날린 것이 장문인이 아니라 말씀하시는 것입니까?”

“당연한 일이다. 내가 왜 그런 일을 하겠는가!”

“그 말씀은 지금 제가 거짓말을 하고 있다는 말입니까?”

“그렇다면 그게 사실이란 말인가?”

“잘 생각하고 말씀하십시오. 지금 황제 폐하의 명을 수행하고 있는 총병관인 제가 이 자리에서 거짓으로 누명을 씌우고 있다 말씀하시는 것입니까?”

“억지 부리지 마라! 지위를 앞세워 나를 역적으로 몰아세우겠다는 말인가!”

“사실을 말하고 있다는 이야기를 하는 겁니다. 진인이 보이고 있는 그 행동이 이미 스스로 그러했다는 것을 인정하는 꼴이 아닙니까? 떳떳했다면 이렇게 힘을 앞세울 리도 없을 터!”

“어디서 흰소리를 늘어놓느냐?”

“흰소리라니요? 사실만을 말할 뿐입니다.”

"어디 그것이 사실이라 입증할 실력도 있는지 보자꾸나!"

운허자가 버럭 소리를 지르며 땅을 박찼다.

"운허 진인!"

"멈추시오!"

다급한 외침이 사방에서 터져 나온다. 하지만 정작 운허자의 앞을 막아서는 사람은 없었다. 오히려 황급히 뒷걸음질을 친다.

몸을 날린 운허자의 손길이 담기령에게로 향한 탓이다.

담기령은 어디까지나 무림맹 외부의 사람. 그리고 운허자는 진짜 역적일지도 모른다는 의심을 받고 있는 상황. 그러니 둘의 싸움으로 두는 것이 현명하다는 것이, 모두의 머릿속에서 내려진 결론이었던 것이다.

거센 기운을 품은 운허자의 쌍장이 허공에 현란한 그림자를 만들며 담기령을 압박해 갔다.

무림맹 내부인데다 의천각 회의이기에 모두들 무기를 소지하지 않아 맨손이기는 했지만, 운허자 정도의 고수라면 맨손도 검강을 일으킨 장검 못지않은 파괴력을 지니고 있었다.

쿠웅!

담기령 또한 바닥에 발을 박을 듯 거세게 진각을 밟으며 운허자를 맞이했다.

콰콰쾅!

두 쌍의 손이 어지러운 잔상을 흩뿌리며 거세게 부딪쳤다. 두 사람은 순식간에 삼십여 합을 주고받았음에도 조금도 물러설 기미가 보이지 않았다.

꿀꺽!

마른침 삼키는 소리가 사방에서 울려 퍼졌다.

담기령의 무공 때문이었다. 현산의 공격을 받을 때 이미 어느 정도 짐작은 했었지만, 현산에 버금가는 무공을 지닌 운허자를 맞이해서도 호각지세인 담기령의 무공에 다들 혀를 내둘렀다.

지난 한 달 동안의 무력시위가 있었음에도, 촌구석 세가의 주인이 강하면 얼마나 강하겠느냐는 것이 모두의 생각이었다. 하지만 지금 운허자를 맞이하는 담기령의 모습에 그런 생각을 품고 있는 이는 아무도 없었다.

그러는 동안에 담기령과 운허자는 어느새 칠십여 합을 주고받고 있었다. 숨이 턱턱 막힐 정도로 무시무시한 싸움을 모두들 숨죽인 채 바라본다.

팟, 파팍!

두 사람의 충돌로 인해 미처 해소되지 못한 기운의 파편들이 사방으로 튀어 오른다.

그렇게 두 사람의 공방이 백여 합에 이르렀을 때였다.

"타앗!"

담기령이 갑자기 대성일갈을 터트리며 자세를 고쳤다. 상하로 나뉘어 날아드는 운허자의 쌍장을 맞이하려는 듯, 오른발을 뒤로 빼며 무릎을 굽히고 오른손 또한 재빨리 끌어당겼다.

그리고 순식간에 진각을 밟는 듯하더니 얼굴을 감싸 쥘 듯 뻗어 오는 운허자의 오른손을 향해 모든 공력을 실어 일권을 날린다.

터엉!

주먹과 손바닥이 부딪치며 기묘한 울림이 의천각을 가득 메운다. 동시에 운허자가 담기령의 주먹을 그러쥔 채, 급히 허리를 뒤로 꺾을 듯 뒤로 눕는 듯하더니 앞으로 나와 있는 담기령의 왼쪽 발목을 밀듯이 걷어찬다.

손이 당겨지고 발이 걸리는 바람에 담기령의 몸뚱이가 그대로 허공에 떠올랐다.

터엉!

두 번째 울림이 터진다. 동시에 모두들 급히 몸을 움직인다.

운허자가 뒤로 허리를 꺾은 자세 그대로 바닥에 등을 부딪치더니 담기령의 손을 붙잡은 그대로 당기듯 던져 버린 것이었다.

"컥!"

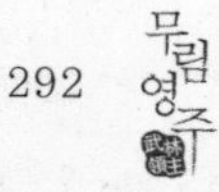

"크읍!"

"아악!"

세 개의 다른 목소리가 비명을 터트렸다. 그리고 의천각 안에 있던 이들 모두 휘둥그레진 눈으로 비명이 터져 나온 곳을 번갈아 본다.

첫 번째 비명은 모두들 정확히 그 광경을 목격했다. 운허자에 의해 던져진 담기령이, 던져져 날아든 힘 그대로 갑자기 손을 뻗어 누군가를 공격한 것이었다.

뱀처럼 날렵하게 뻗은 양손이 그 누군가의 양팔을 잡아 비틀더니, 그대로 넘어트리고는 빙글 몸을 뒤집어 등의 대혈을 점혈해 버린 것이었다.

급습을 당한 이는 다름 아닌 점창파 장문인 모첨명이었다.

말 그대로 순식간에 벌어진 일이었다. 모첨명 또한 이게 무슨 일인가 싶은 표정이었다. 하지만 온몸의 대혈은 물론 순식간에 아혈까지 점혈 당했기에 말도 하지 못하고 눈동자만 데굴데굴 굴린 뿐이다.

하지만 두 번째와 세 번째는 결과만 보았을 뿐, 그 과정을 본 이는 아무도 없었다.

그저 비명이 들린 곳으로 고개를 돌려보니, 누군가가 제압을 당한 채 모첨명과 똑같이 점혈을 당해 눈을 굴리고 있을 뿐이었다.

제압을 당한 이는 공동파 목양자와 청성파 현기자였다. 목양자를 제압한 것은 백무결과 제갈무산이었고, 현기자를 제압한 사람은 남궁호천이었다.

당사자들 외에는 모두들 하나라도 된 듯 똑같이 떨떠름한 얼로 상황을 살핀다.

그렇게 의천각이 정적으로 가득 찰 쯤, 운허자의 목소리가 정적을 밀어냈다.

"도움이 되었소이까, 담 총병관?"

담기령이 몸을 일으키며 대답했다.

"무리한 부탁을 흔쾌히 받아 주셔서 감사합니다."

이 대화로 대부분의 의혹이 해소되었다.

운허자를 역적의 간세로 지목하고, 운허자가 뭔가 찔리는 것이 있다는 듯 힘을 써 가며 반항을 한 것은 두 사람이 짜고 벌인 소동이라는 뜻이다.

그렇다면 그 이후의 상황도 자연히 납득이 된다. 모첨명을 사로잡기 위해 다른 쪽으로 시야를 돌려놓고 있다가 기습을 한 것이다.

그렇다면 목양자와 현기자를 제압한 백무결과 제갈무산, 남궁호천은 또 어찌 된 일인가. 이 또한 담기령이 세 사람에게 건넨 말로 어느 정도 의문이 해소되었다.

"당혹스러우셨을 텐데 요청에 응해 주셔서 감사합니다."

그들 세 사람의 행동 또한 담기령의 요청으로 움직였다는 의미였다.

그리고 돌아가는 정황으로 보건데 모첨명과 목양자, 현기자가 아마도 역적들의 간세인 것 같았다. 그것을 알아차린 담기령이, 그들이 도망치거나 자결하는 등의 불상사를 막기 위해 이런 상황을 만든 것이리라.

담기령이 사람들을 향해 말했다.

"객으로 찾아와 이런 소란을 일으킨 점에 대해서 사과드립니다. 불쾌하셨다면 차후에 따로 용서를 구하겠습니다. 일단 지금 이들 세 사람이 역적들의 간세라는 것은 어렴풋이 눈치를 채셨으리라 생각합니다. 저들이 역적의 간세라는 데 구 할 정도의 확신을 가지고 한 행동입니다만, 차후에 명확하게 사실을 확인하여 의혹이 남지 않도록 하겠습니다. 일단은, 아까 하던 이야기를 마저 했으면 합니다만……."

담기령이 슬쩍 의천각 안을 둘러보았다.

방금 전의 소동 때문에 의천각 안은 이미 난장판이 되어 성한 의자가 몇 개 남아 있지 않았을 정도였다.

담기령의 시선이 현산에게로 향했다. 그 시선을 받은 후에야 현산은 저도 모르게 눈가를 파르르 떨었다.

'실수를 했군.'

간세에 대한 이야기가 나오면서부터 벌어진 모든 상황을

담기령이 주도하고 있었다는 것을 뒤늦게 깨달은 것이다.

간세를 잡기 위해 벌어진 소동이야 어쩔 수 없는 일이지만, 그 후의 상황은 자신이 수습을 하고 마무리를 지어야 했는데 너무 경황이 없어 그것을 망각하고 있었던 것이다. 그로 인해 담기령이 상황을 주도하는 모양새가 만들어졌고, 담기령은 그것을 알리기 위해 현산에게 눈치를 주었던 것이다.

역적 토벌의 총병관이라는 위치에 있다 해도, 담기령은 어디까지나 이곳의 손님이었다.

무슨 일이건 이곳의 상황을 주도하는 사람은 주인인 현산이 했어야 하는 일이었기에 담기령이 그에 대한 나름의 배려를 해 주었던 것이다.

그것을 이해한 현산이 담기령을 향해 눈짓으로 인사를 한 후, 사람들을 향해 말했다.

"일단은 정리를 좀 해야 할 것 같으니, 잠시 쉬는 것이 좋겠소이다. 담 총병관의 생각은 어떠십니까?"

"예, 맹주님의 말씀대로 하는 것이 좋을 듯합니다. 그런데 갑작스럽습니다만 부탁할 일이 있습니다."

"말씀하십시오."

"우선 저 세 사람은 제가 데리고 가겠습니다. 의혹을 푸는 데 시간이 필요하다는 것은 압니다만, 그것은 이곳이 정리되고 이야기를 다시 할 때 풀도록 하겠습니다. 하지만 역

적들을 토벌하는 데 중요한 정보를 가진 이들이니 저에게 넘겨 주시기 바랍니다.”

현재 역적 토벌의 전권을 가진 이는 담기령이었다.

그런 담기령이 세 사람을 역적의 간세라 규정하고, 신병을 인도받기를 원한다면 거부할 도리가 없었다. 게다가 괜히 저들을 감싸려 들었다가는 한패가 아니냐는 의심을 받기 딱 좋은 상황이 아닌가.

현산이 고개를 끄덕였다.

“그리하십시오. 또 하실 말씀이 있습니까?”

“한 가지만 더 부탁하겠습니다. 지금 저 세 사람에 대한 이야기는 이곳에 있는 분들만 아는 사실로 해 주십시오. 간세를 생포함으로써 역적 토벌에 좀 더 유리한 입장에 서게 되었는데, 그 사실이 외부로 퍼진다면 유리한 부분들이 모두 사라지게 됩니다. 모두들 한 문파나 세가의 주인이신 만큼 알고 계시겠지만, 노파심에 말씀을 드리자면, ‘너에게만 알려 주는 비밀’ 이라는 것이 비밀이 새어 나가는 유일한 통로라는 것을 명심해 주십시오.”

너를 믿고 알려 주니 너만 알고 있으라며 말해 주는 비밀이, 결국에는 모두가 아는 비밀이 되는 데는 그리 오랜 시간이 걸리지 않는다. 담기령은 그것을 강조한 것이었다.

하지만 이번에는 현산이 난색을 표한다.

"우리가 입을 다무는 것은 가능한 일입니다. 하지만 점창파, 공동파, 청성파에서 장문인의 실종에 의문을 품지 않겠습니까? 그들이 장문인이 실종되었다며 찾겠다고 나서는 것까지는 막을 도리가 없습니다."

"일단 맹주님께서 시간을 끌 수 있는 만큼만 끌어 주신다면, 그 이후는 제가 처리하도록 하겠습니다."

애매한 말이었지만 현산은 일단 고개를 끄덕였다.

차후에 이 일로 자신에게 책임을 물을 위험은 없다고 판단했기 때문이었다.

대강 이야기가 끝난 듯하자, 현산이 사람들을 향해 말했다.

"일단은 의천각 담장을 벗어나지 않는 선에서 다들 시간을 보내 주십시오. 빨리 정리를 해서 회의를 재개하겠습니다."

의천각은 무림맹 본산 내에 자리한 하나의 작은 장원이었다.

의천각 안에는 회의를 하는 취의청 외에도 시간을 보낼 장소가 있었기에 사람들은 별다른 말없이 하나둘 방을 나섰다.

담기령은 그렇게 나서는 사람들의 얼굴을 확인하며, 당분간은 이 일이 새어 나가지 않을 거라는 어느 정도의 확신을

가질 수 있었다.

모두가 무림에서도 거대한 세력을 이끄는 수장들이었다. 괜히 입을 잘못 놀렸다가는, 역적을 도와줬다는 죄를 뒤집어쓸 수 있다는 것을 알고 있었고, 담기령은 사람들의 표정에서 그런 생각을 대강 읽어 낸 것이었다.

대부분의 사람들이 나간 후, 담기령이 밖에 있던 윤명산을 불러 사로잡은 세 명의 간세를 남들에게 들키지 않게 가둬 두라고 지시했다.

윤명산까지 나간 후, 담기령 주위로 몇 명의 사람들이 모여들었다. 모첨명을 잡는 데 협조를 해 준 화산파 장문인 운허자, 백무결, 남궁호천, 제갈무산, 그리고 무림맹주 현산과 구여상이었다.

"다들 저에게 하실 말씀이 많은 듯하니 일단 조용히 이야기할 수 있는 곳으로 가는 것이 좋겠군요."

남궁호천이 나서서 말했다.

"따라오십시오."

남궁호천이 사람들을 이끌고 간 곳은, 의천각 장원에 마련되어 있는 의천각주 남궁호천의 집무실이었다.

"여기라면 조용히 이야기를 할 수 있을 겁니다. 일단 자리에 앉으십시오."

남궁호천의 권유에 다들 탁자 주위 의자에 둘러앉았다.

가장 먼저 입을 연 사람은 구여상이었다.

"제가 먼저 나서기 힘들다는 건 압니다만, 모두들 아셔야 할 부분이 있기에 그것부터 이야기를 했으면 합니다."

"그러시오, 부각주."

현산의 허락이 떨어지자, 구여상이 담기령을 향해 물었다.

"제가 무공을 몰라 확신을 할 수는 없습니다만, 아까 그 비수 말입니다"

그 말에 담기령이 기다렸다는 듯 고개를 끄덕이며 말했다.

"맞네, 사실 비수 같은 건 없었지. 내가 꾸민 거야."

그 말에 집무실 안에 당혹스러운 감정이 퍼졌다. 그 소란을 피운 일이 사실은 조작된 상황이었다니, 기가 막힐 노릇이었다. 하지만 담기령은 당당한 표정으로 모두를 향해 말했다.

"덕분에 아무런 피해도 없이 세 명의 간세를 일거에 생포하지 않았습니까?"

그 말에 백무결이 급히 물었다.

"그럼 그 세 사람이 간세라는 건 어찌 알았나? 나나 구 부각주도 한 달이 넘게 조사를 하면서 범위를 좁히고 이제 겨우 그들 세 사람이라고 확신을 하고 있던 참이었네."

"아까 말하지 않았나? 외해오적토벌군이라고 말할 때의

반응 말이야. 외해에 있는 오씨 성의 역적, 오적(吳賊)이 정확히 누구인지를 아는 사람은 둘 중 하나일세. 토벌군에 포함되어 있는 일부 몇 명, 그리고 그 오적과 한패인 자."

"그럼 그 짧은 순간 사람들의 반응을 모두 다 파악했단 말인가?"

"수련을 하면 힘든 일이 아닐세."

사람은 굳이 말을 하지 않아도, 표정이나 행동의 미세한 반응으로 많은 것을 알려 준다. 담기령은 저쪽 세상에 있을 당시 그러한 반응을 읽는 훈련을 받았었고, 그 능력을 이용해 간세가 누구인지를 가려낸 것이었다.

"물론 처음부터 그 세 사람이라 확신하지는 못했네. 하지만 자네와 구 부각주의 시선이 그들 세 사람을 가리키고 있었기 때문에 확신을 얻을 수 있었지."

백무결과 구여상의 얼굴에 질린 표정이 떠올랐다. 담기령에 대해서는 어느 정도 인정을 하고 있기는 했지만, 이런 것까지 할 수 있으리라고는 생각지도 못했기 때문이다.

그때 현산이 입을 열었다.

"그럼 백 문주와 구 부각주는 그들 세 사람이 간세라는 사실을 알고 있었다는 말입니까?"

대답은 구여상의 입에서 나왔다.

"알고 있었다기보다는, 그들 세 사람일 가능성이 가장 높다고 판단하고 있었습니다. 저와 백 문주는 따로 조사를 진행했고, 각자 어느 정도 판단이 서면 서로가 의심하고 있는 이를 비교해 정확도를 높이려 했었습니다."

하지만 현산에게 필요한 것은 다른 것이었다.

"그렇다면 그들 세 사람이 간세라는 증좌가 있다는 말이오?"

"백 문주는 자신에게 접근하는 이들의 행동을 통해 범위를 좁히고 있었기에 증좌가 있을 수 없습니다만, 제가 쫓은 것은 그동안 쌓인 기록들을 추적한 결과이기에 충분히 증좌가 될 수 있습니다."

구여상의 말에 현산이 침중한 얼굴로 고개를 끄덕였다.

세 명의 간자가 있는데, 그 세 사람이 모두 구파에서 나왔으니, 그로 인해 무림맹 내에서 구파가 가진 입지가 심각하게 흔들릴 위험이 있기 때문이었다.

현산이 옅은 한숨을 쉬는 사이, 이번에는 운허자가 입을 열었다.

"담 가주는 내가 그대를 도와줄 거라고 확신을 하고 그런 전음을 보내신 것이오?"

그 말에 백무결과 남궁호천, 제갈무산 세 사람의 얼굴에 조금 놀란 표정이 떠올랐다. 세 사람은 내심 담기령이 화산파 장문인인 운허자와 어떻게 아는 사이인지 궁금해하고 있던 참이었기 때문이다.

자신들에게 목양자와 현기자를 제압하라는 전음을 보낸 것은 있을 수 있는 일이었다.

이미 서로에 대해 약간은 알고 있었기에 짧은 몇 마디만으로도 충분히 일을 진행하는 것이 가능했다.

그리고 같은 이유로 운허자도 담기령과 무언가 연이 있다 생각했던 것이다. 그렇지 않고서야 촉박한 시간에 전음으로 전할 수 있는 극히 짧은 몇 마디만으로 그런 상황을 만드는 것이 힘들다고 생각했던 것이다.

그런데 지금 이야기를 들어 보니 오늘 처음 만난 사이라고 하지 않는가. 놀라는 게 당연한 일이었다.

그 말에 담기령이 피식 웃으며 말했다.

“처음 간세에 대해 이야기를 했을 때, 운허 진인의 반응이 가장 격렬했었습니다. 누군지 알기만 하면 당장 죽여 버리겠다는 듯 살기를 일으키며 간세를 찾기 위해 눈을 움직이시더군요.”

“혹시 아까 말한 사람의 반응을 읽어 내는 법말이오?”

“그렇습니다. 그리고 입고 계시는 옷으로 보아 무엇보다 실리를 중요하게 생각하시는 분이시더군요. 잠깐 동안 일부러 누명을 쓰는 것 정도는 개의치 않으시리라 판단했습니다.”

"허허, 그래서 나에게 그 짧은 한마디만 던지고는 다짜고짜 누명을 씌웠단 말이오?"

"예, 거듭 감사드립니다."

거기까지 들은 사람들이 궁금한 얼굴로 운허자를 보았다.

도대체 담기령이 전음으로 무슨 말을 했는지 궁금했던 것이다. 그 시선을 받은 운허자가 옅은 웃음을 지으며 말했다.

"담 가주가 한 말은 '잠깐만 누명을 좀 써 주십시오.' 였소이다."

운허자의 이야기에 담기령을 제외한 모두가 더 놀라는 것도 힘들다는 듯 멍한 표정을 짓는다.

급한 궁금증이 해결되자, 현산이 담기령을 향해 말했다.

"그럼 이제 진짜 본론으로 들어가 보십시다. 담 총병관이 무림맹을 찾아온 목적은 무엇입니까?"

"음…… 지금 그 이야기를 해 드릴 수는 있습니다만, 오히려 미리 들으면 부담이 될 수도 있습니다."

현산의 고민은 길지 않았다.

부담이 생기더라도 미리 알고 있는 것이 좋다.

더군다나 무림맹을 책임져야 하는 맹주의 자리에 있으니, 무슨 이야기든 먼저 알고 생각을 할 시간을 버는 것이 더 이득이었다. 거기까지 생각한 현산은 운허자와 남궁호천, 제갈무산에게 일일이 시선을 던지며 고개를 끄덕였다.

그리고 담기령을 향해 말했다.

"말씀하시지요."

"간단명료하게 말씀을 드리겠습니다. 외해오적토벌군에 무림맹의 힘이 필요합니다."

현산의 얼굴에 알 듯 모를 듯한 표정이 떠올랐다. 처음 외해오적토벌군이라는 이름을 들었을 때부터 가지고 있던 의아함과 맞물려 머릿속에서 상황이 정리가 되지 않은 탓이다.

외해오적토벌군이라는 명칭이 만들어졌다는 건, 군대의 편성이 끝났다는 의미였다.

하지만 꽤 많은 경로를 통해 정보를 모으고 있는 무림맹에서는 새로이 군대가 동원되었다는 말을 들은 적이 없었다. 게다가 보통 내환을 제거할 때는 으레 무림의 힘을 빌리곤 했던 황실이 이번에는 자신들에게 아무 말도 하지 않았다.

그런데 지금 총병관인 담기령이 무림맹의 힘이 필요하다고 하니 혼란스러울 수밖에.

결국 답은 당사자를 통해 듣는 수밖에 없었다.

"그 말씀은?"

현산이 의아해할 부분에 대해 이미 짐작하고 있던 담기령이 차근차근 이야기를 풀었다.

"우선 지금부터 하는 이야기는 여기 계시는 분들 외에는 알아서는 안 되는 비밀이라는 것을 기억해 주십시오. 그리고 그렇게 비밀이 유지가 되어야 하기 때문에 외해오적토벌군을 편성하는 것이 비밀스럽게 진행되어 왔었습니다. 아까부터 몇 번 언급했던 '오적'이 뜻하는 바를 먼저 알려 드려야겠습니다. 여기서 말하는 오적이란 다름 아닌 오왕부입니다."

"뭐, 뭐요!"

남궁호천이 기겁한 목소리로 외쳤다. 하지만 담기령이 이내 설명을 덧붙였다.

"지금 절강성에 있는 오왕부를 말하는 게 아닙니다. 그전, 꽤 오래전에 지금의 오왕부가 아닌 또 하나의 오왕부가 존재했었습니다."

하지만 이 이야기는 황실의 사람이 아니라면 알지 못하는 이야기였다. 담기령이 설명을 부연했다.

"건문제께서 즉위할 당시, 건문제의 형제로서 번왕에 봉해졌던 오왕부가 있었습니다. 그리고 얼마 지나지 않아 영락제께서 보위에 오르신 후 건문제의 형제로서 번왕이 되었던 많은 왕부가 숙청을 당했지요. 그 당시 오왕부 역시 그랬던 것으로 여겨졌었습니다. 하지만 그 오왕부는 바다와 가까웠다는 이점을 이용해, 당시 가지고 있던 병력들과 함께 외해로 나가 섬에 자리를 잡았었습니다. 그리고 그들은 긴 시간

바다 밖의 왜구 무리들을 규합하고 부를 축적하는 동시에 병력을 키우고 있었습니다. 바로, 현 황제 폐하의 통치를 부정하고, 자신들이 보위에 오르기 위해서입니다."

다들 처음 듣는 이야기에 마른 침만 꿀꺽 삼킨다.

짧게 생각하면 무림과는 하등 관계가 없는 이야기였다. 하지만 한 발만 더 나아가 생각해 보면, 그로 인해 나라에 내란이 생길 경우, 중원 전체가 피로 물들 수도 있는 일이었다.

남궁호천이 입이 바싹 말라 제대로 나오지 않는 목소리로 급히 물었다.

"그렇다면 현재 중원 전역에 퍼지고 있는 유황이……."

"그렇습니다. 놈들의 군자금이 되는 돈이지요. 그 외에 또 생각해야 할 문제가 있습니다. 바로, 중원 곳곳에 놈들이 마을을 하나씩 장악하여 자신들의 거점으로 만들고 있다는 점입니다. 더불어 그 거점을 이용해 각 지역에 산채나 수채를 만들어 자신들의 병력을 숨겨 두고 있습니다."

제갈무산이 급히 물었다.

"중원 전역이라면, 놈들이 같은 날 동시에 난을 일으키면 중원 전역이 전장으로 물들게 되오!"

"놈들이 노리는 것이 그것일 것입니다. 거기에 한 가지 더. 오늘 우리에게 생포된 세 명의 간자들은 아마도 무림맹을 장악할 목적으로 가지고 있었을 것입니다. 그리된다면……."

이번에는 구여상이 애써 침착한 목소리로 끼어들었다.

"최소한 무림의 삼 할은 놈들의 수중에 들어간다는 뜻입니다. 더불어 아까 왜구들을 규합했다 했으니 왜구들까지 해안을 통해 들어온다면……."

"어림군만으로는 절대 감당할 수 없는 내전이 될 가능성이 있습니다. 그리고 구변진의 정예군이 내려올 쯤에는 이미 전세가 기울어 있을 가능성이 크지요. 저도 놈들의 정확한 계획을 알지는 못합니다만, 지금까지 알고 있는 정보들을 꿰어 맞춰 보면 그 외에는 다른 답이 나오지 않습니다."

"허!"

모두들 하나같이 허탈한 신음을 터트렸다. 생각지도 못한 거대한 음모가 자신들이 눈밑에서 버젓이 벌어지고 있었다고 생각하니 숨이 턱턱 막히는 기분이다.

"그래서 무림맹의 힘이 필요하다는 건 무슨 뜻입니까?"

"사실 현재 외해오적토벌군에는 황실의 어림군은 물론 어떠한 군대도 동원할 수가 없습니다. 조정의 어디에 놈들의 간세가 숨어 있을지 모르는 상황이기에, 최대한 비밀을 유지해야 했기 때문입니다."

어떤 이유든 군대가 움직이게 되면, 누군가는 의문을 품

게 될 것이고 그로 인해 놈들이 토벌에 대해 미리 알 수도 있었다. 그것을 최대한 막을 필요가 있었던 것이다.

“그런 이유로 외해오적토벌군은 비밀리에 무림의 힘을 동원해야 했고, 현재는 제가 이끌고 있는 절강무련만이 외해오적토벌군의 한 자리를 차지하고 있을 뿐입니다. 그래서 무림맹에 속해 있는 간 문파에서 힘을 실어 주십사 하고 찾아왔습니다.”

현산의 얼굴이 천천히 굳어 갔다. 무림맹의 각 세력들이 외해오적토벌군에 참여하는 단순한 문제가 아닌 탓이었다.

우선 가장 큰 문제는, 아무리 비밀리에 진행해야 했다 해도 무림맹의 맹주인 자신이 완전히 배제된 채 일이 진행되었다는 것이었다. 이는 무림맹의 체면을 완전히 깎아 내린 일인 탓이었다.

두 번째는, 토벌군의 총병관이 지금 눈앞에 있는 서른도 되지 않은 애송이라는 점이었다. 이제 와서 자신들이 토벌군에 참여를 한다고 해도, 결국은 눈앞에 있는 젊은이의 명령에 따라 움직여야 했다.

그리고 담기령이 총병관이라는 뜻은, 토벌이 마무리됐을 경우 담기령이 가장 큰 공을 가지고 간다는 의미이기도 했다.

정파 무림의 하늘이라 칭해지는 자신들이, 긴 시간 자신들이 무시했던 절강성 무림세력에 완전히 숙이고 들어가는 것 또한 문제였다.

토벌이 끝나고 나면 절강무림이 중원무림에 가지는 영향력이 얼마나 커질지 알 수 없기 때문이었다.

"어찌하시겠습니까?"

담기령의 물음에 다들 곤혹스러운 표정을 지었다.

현산이 생각하고 있는 문제는, 백무결을 제외한 모두가 똑같이 생각하고 있었기 때문이다.

"아미타불……. 나 혼자 결정할 수 있는 문제가 아닌 듯합니다."

평소 무림맹 내에서는 불호를 잘 외지 않는 현산이 저도 모르게 불호를 읊으며 고개를 젓는다. 하지만 담기령이 이미 이야기를 꺼냈으니 끝을 봐야 했다.

사실 현산에게 먼저 이야기를 듣겠느냐고 물은 이유가, 현산이 먼저 들을 것이라 예상을 했기 때문이었다. 그래야만 현산의 답을 먼저 끌어낼 수 있기 때문이었다.

"맹주로서가 아닌, 소림사의 방장 대사로서의 생각은 어떠신지 듣고 싶습니다."

"그 역시 생각이 좀 필요하군요. 너무 엄청난 이야기를 들은 직후인 탓에, 머릿속이 쉬이 정리가 되지 않습니다. 지금 들은 이야기를 다른 장문인들께 하지 못한다 해도, 그들 역시 지금까지 동고동락했던 이들이 적의 간세라는 사실에 충격을 받았……."

이야기를 하던 현산이 저도 모르게 멈칫 하며 생각에 잠겼다. 말을 하다 보니 전혀 고려하지 않았던 문제가 떠오른 것이었다.

'무림맹의 간세…….'

단순히 무림맹의 문제가 아니었다.

그냥 무림맹의 적들이 무림맹에 간세를 심어 놓은 것이라면 상관이 없었다. 어느 정도 타격은 있겠지만, 어디까지나 내부의 문제였다. 금세 안정을 찾고, 무림맹에는 큰 문제가 생기지 않았다.

하지만 이번의 간세는, 역적들의 간세였다. 역적의 간세는 그들 또한 역적이라는 뜻이었고, 무림맹에 나라의 역도가 있었다는 해석이 가능했다.

이는 다시 말하면, 무림맹 전체를 역모로 엮어 내는 것이 가능하다는 뜻.

'설마 이걸 노리고 건가?'

생각해 보면 좀 이상한 일이었다.

손님으로 온 자리에서 대뜸 간세가 어쩌고저쩌고 하며 일을 벌이고는, 모두의 눈앞에서 역적의 간세를 생포해 버렸었다.

간세를 잡은 것 자체는 훌륭하지만, 무림맹의 일에 외부 인사가 간섭을 한 셈이 되는 일이었다. 토벌군 참여를 부탁하러 왔다는 목적을 생각하면, 괜히 나쁜 인상을 심어 줄 수도 있는 일. 그럼에도 담기령은 그 일을 먼저 벌였다.

그리고 그 이유가 오히려 자신들을 압박하기 위함이었다는 것을 지금 깨달은 것이다.

'설마 그럴 리가…….'

담기령은 아무리 많이 잡아도 채 서른이 되지 않는 나이였다. 겨우 그 정도 경륜으로 이런 심계를 꾸민다는 것은 말이 되지 않는 이야기.

현산의 시선이 슬쩍 담기령에게로 향했다. 담기령이 슬쩍 고개를 끄덕이며 나지막한 목소리로 말했다.

"역적들의 간세가 무림맹의 일원이었다는 것은 역시나 아주 큰 충격이기는 하지요. 하지만 진짜 문제가 터지기 전에 제가 붙잡았으니 이제 문제가 될 게 없지 않습니까?"

은근슬쩍 무림맹의 일원이라는 말과 자신이 잡았다고 할 때 유독 힘을 주어 말한다. 그 말을 들은 현산은 자신의 생각이 틀렸다는 것을 확신했다.

'무서운 자로군.'

겨우 저 정도 나이에 이런 심계를 꾸밀 수 있다는 것은 절대 만만히 볼 수 있는 자가 아니라는 뜻이다. 게다가 아무리

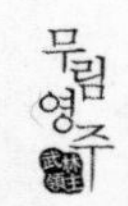

토벌군의 총병관이라 해도, 자신은 무림맹의 맹주였다. 그런 자신을 이렇게 협박할 수 있다는 것은 담력 또한 엄청나다는 뜻이었다.

"아미타불……."

현산이 또 한 번 반사적으로 불호를 왼다. 구파는 대부분 황실에서 인정을 받고, 황실로부터 하사받은 어마어마한 토지가 있기에 안정적으로 자리를 잡고 지금처럼 거대한 세력으로 자랄 수 있었다.

그런데 역적과 한패였다는 문제가 생긴다면 그로 인한 피해는 어마어마했다. 역모죄를 뒤집어쓰는 것까지는 피한다 치더라도, 최소한 황실로부터 하사받은 그 엄청난 토지를 모두 몰수당할 게 빤했다. 그 말은 구파가 지금까지의 안정된 기반을 모두 잃게 된다는 뜻이었다.

한참을 고민하던 현산이 힘겨운 목소리로 대답했다.

"지금까지 황제 폐하께 받은 은혜가 얼마나 큰데 이런 일에 힘을 보태지 않으면 안 되는 일이 아니겠습니까. 내 의천각 회의에서 모두의 합의를 이끌어 내 보겠소이다."

현산의 대답에 다른 이들 역시 천천히 고개를 끄덕였다. 담기령과 현산의 대화를 통해, 담기령의 의도가 무엇인지 그들 역시 깨달았기 때문이었다.

담기령은 여전히 덤덤한 목소리로 답했다.

"그렇다면 맹주께서 합의를 이끌어 내시기 편하도록 저도 도움을 드리겠습니다."

"어떤 도움 말이오?"

"방금 말씀드렸던 비밀을, 의천각 회의에 참석한 분들에 한해서만 알려 드리도록 하지요. 사정을 말씀드리면 합의를 이끌어 내는 것이 더 편해지지 않겠습니까?"

담기령의 말에 현산은 또 한 번 멍한 표정을 지었다. 일련의 상황 모두가 완벽하게 담기령의 의도대로 흘러갔다는 것을 깨달은 것이었다.

지금 한 말로 미루어 볼 때, 담기령은 애초에 의천각에 있던 사람들에게 만큼은 문제의 비밀을 말할 의도가 있었다고 볼 수 있었다. 그럼에도 지금 이 자리에 있는 사람들만 알아야 된다고 말하며 간접적으로 한 가지 압박을 더 주었던 것이다.

"흐음…… 알겠소이다. 이제 취의청도 정리가 끝났을 테니 함께 가시지요."

"예, 맹주님. 아, 그러고 보니 의천각의 회의가 끝나고 나면 맹주님과 운허 진인, 그리고 무당파 장문인과 이야기를 한 번 더 했으면 합니다."

"무슨 이야기를 말이오?"

"그건 회의가 끝난 후에 알려 드리겠습니다. 워낙에 중대한 사안이라서 말이지요."

현산과 운허자가 떨떠름한 표정을 지으면서도 고개를 끄덕였다. 현재 거의 모든 주도권이 담기령에게 있다는 것을 이미 인정하고 있기 때문이었다.

"그럼 일단 가십시오."

현산이 먼저 일어나 움직였고, 다른 이들이 그 뒤를 따랐다.

의천각 회의는 일사천리로 진행되었다.

맹주인 동시에 구파의 대표자라 할 수 있는 현산이 적극적으로 나서고, 사대세가를 이끄는 남궁호천이 찬동을 하니 반대 의견을 말할 사람이 없었다.

더불어 토벌군 총병관인 담기령이 배석하고 있으니 섣불리 반대 의견을 말할 수도 없었던 것이다.

"어려운 결정을 내려 주신 각 장문인들과 가주님들께 태자 전하를 대신해 감사 인사를 드립니다. 자리하신 각 장문인들과 가주님들에게는 토벌군의 부총병으로 임명한다는 고신이 내려올 터입니다."

모두의 얼굴에 불만스러운 표정이 스쳤다.

지방 작은 세가의 주인인 담기령이 총병관인데 자신들이 그 아래에서 명을 들어야 하는 부총병으로 임명되니 당연한 반응이다. 하지만 한편으로는 이미 예견된 상황이었기에 어찌할 수 없다는 분위기.

담기령이 말을 이었다

"다들 짐작하고 계시겠지만, 이 일은 당분간은 절대 비밀이 유지되어야 합니다. 잘못되면 우리는 사람 하나 없는 빈 섬에 상륙을 하게 될지도 모릅니다."

뒤이어 현산이 고개를 끄덕이며 모두에게 말했다.

"폐하와 백성들의 안녕을 위해 큰 결심을 하신 만큼, 허망한 결과가 나오지 않도록 조심해 주시기 바랍니다."

"그 외에 자세한 상황은 남궁 가주님을 통해 알려 드리도록 하겠습니다."

부총병 임명에 관해서는 잠시 인상을 찌푸리는 것으로 끝냈던 이들이 이번에는 담기령을 향해 꽤 노골적인 불만을 표출했다.

"어차피 무림맹에서 군대를 차출하는 일인데 왜 맹주님이 아닌 남궁 가주란 말입니까?"

"그런 식으로 일을 처리할 것이었다면 무림맹에 와서 도움을 청한 이유가 무엇입니까?"

모두 구파에 속한 문파의 장문인들이었다.

가뜩이나 모첨명과 목양자, 현기자 세 사람이 간세였던 일로 인해 심기가 불편한 상황에서 이렇게 구파를 소외시키

는 듯한 행동을 하니 감정이 상했던 것이다.

오히려 그 간세들로 인해 자신들을 믿지 못하는 게 아닌가 하는 생각까지 드니 더욱 더 반발을 할 수밖에.

충분히 이해할 수 있는 반응이었지만, 담기려은 조금도 물러서지 않고 말했다.

"남궁세가는 저희 담씨세가와 함께 오래전부터 유황의 밀거래와 그 뒤의 조직에 대해 조사를 해 왔습니다. 그 덕에 은밀하면서도 신속한 연락망이 만들어져 있기 때문에 일을 처리하기가 훨씬 수월합니다."

물론 핑계에 불과했다. 구파의 장문인들이 느낀 것처럼 담기령이 남궁호천을 언급한 것은 분명 남궁호천에게 힘을 실어 주기 위해서였다.

역적들에 대한 정보를 얻었음에도 남궁세가를 제외시키고 단독으로 황태자를 만나 담판을 지은 것에 대한 일종의 사과이자 보상의 의미였다.

담기령의 말에 불만을 표했던 장문인들이 떨떠름한 표정으로 입을 닫았다. 충분히 납득할 만한 이야기는 아니지만, 그렇다고 반박하기에도 애매한 탓이었다.

담기령의 의도를 눈치챈 남궁호천이 피식 미소를 지어 보이고는, 다른 이들을 향해 말했다.

"담씨세가와 남궁세가는 확실히 긴밀한 연락망이 있습니

다. 절강에서 연락을 보내면 늦어도 하루 만에 소식을 받아 볼 수 있을 정도입니다. 그러니 조금 불편하시더라도 대의를 위한 일이니 조금만 참아 주시면 고맙겠습니다."

결국 모두들 고개를 끄덕였다.

물론 자신들도 마음만 먹으면 그렇게 연락을 받는 것이 가능하다. 하지만 시간이 문제였다. 시간을 두고 연락망을 만든다면 괜찮지만, 당장 그것을 가능케 하려면 자신들의 비선을 노출시키지 않고는 불가능했다.

조금만 멀리 보면 크게 손해를 볼 일이다. 그러니 이쯤에서 물러서는 수밖에.

그사이 무언가 생각을 하던 현산이 모두를 향해 말했다.

"일단 토벌군에 관한 이야기는 마무리가 되었습니다만, 그 이상으로 빠르게 처리해야 할 일이 있습니다."

무슨 이야기를 할지 다들 짐작을 한 듯 고개를 끄덕였다.

모첨명과 현기자, 목양자에 대한 이야기였다. 일단 간자인 세 사람이야 생포를 했지만 문제는 그들의 문파였다. 장문인과 함께 역적들과 작당을 한 이들이 분명 존재할 터인데, 그들에게 장문인의 부재를 그럴싸하게 설명을 해야만 했다.

그렇지 않을 경우 장문인과 동조하고 있는 이들이 이상하게 여기고 역적들에게 이 사실을 알릴 것이 분명했다. 그럴 경우 이상함을 감지한 외해의 역적들이 숨어 버릴 위험이 있는 것이다.

구여상이 입을 열었다.

"가장 시급한 일은 무림맹 내에 기거하고 있는 세 문파의 제자들을 모두 제압하는 것입니다. 그리되면 일단 각 문파의 본산에 연락이 가는 것은 막을 수가 있습니다."

제갈무산이 그 말을 받는다.

"그리하려면 일단은 의천각 회의가 길어지는 것이 좋겠습니다. 중대한 사안의 경우 의천각 회의가 며칠 씩 이어진 사례가 있었으니 하루 이틀 정도는 그들의 눈을 가릴 수가 있습니다."

"예, 그러는 것이 좋을 듯합니다. 그러기 위해서는 모든 문파에 회의가 길어진다는 연락을 해 두는 것이 좋겠지요. 일단은 그렇게 시간을 끄는 사이, 저는 무림맹에 들어온 세 문파 제자들의 명단을 입수하겠습니다."

"그런 후에 점창, 공동, 청성 세 문파 제자들을 일거에 제압하면 당분간 무림맹에서 비밀이 새어나가는 일은 없을 것입니다. 그런데 세 문파의 본산을 어찌하는 게 좋겠습니까?"

제갈무산의 말에 모두의 시선이 현산에게로 쏠렸다. 이런 상황에서는 다른 문파의 이름으로 나서기에는 명분이 약하니, 일단은 무림맹의 이름으로 움직이는 것이 좋기 때문이었다.

하지만 현산은 쉬이 입을 열지 못했다. 무림맹의 이름으로 일을 처리해야 하는 상황이기는 했지만, 각 문파의 장문인들이 간세였다는 사실을 알릴 수 없다면 무림맹으로서도 명분이 약한 탓이었다.

"흐음……."

다들 침음성을 흘릴 뿐 먼저 나서서 입을 여는 이가 없었다. 그렇게 한참 시간이 흐른 후, 담기령이 말했다.

"아까 운허진인께서 간세들을 잡기 위해 누명을 써 주셨으니 이번에는 제가 누명을 쓰도록 하겠습니다."

앞뒤 다 자르고 대뜸 내놓은 말에 모두의 표정이 멍하게 변했다.

〈『무림영주』 제8권에서 계속〉

http://www.bbulmedia.com

http://www.bbulmedia.com